講談社文庫

われら冷たき闇に

藤堂志津子

講談社

目次

われら冷たき闇に

やがて冷たき闇のさなかにわれら沈まむ
さらば、束の間のわれらが夏の強き光よ
ボードレール「秋の歌」　斎藤磯雄訳

1

城岡重行《しろおかしげゆき》の運転する白の乗用車は、ホテルの地下駐車場から路上にでると、ＪＲ札幌駅の前の通りを西にむけて走りはじめた。

宮の森の自宅近くまで送りとどけるつもりなのだろう、貴代子《きよこ》はそう思ったけれど、あえてたずねはしなかった。

城岡の車から降りるところを、自宅付近のだれかに見られたら、と一瞬考えもした。

つい十日ほど前に、お手伝いのトミ子から、やんわりと注意されてもいた。

「奥さま、最近外出が多いようですが、せめて、お夕食までにはお帰りになったほうが……修平《しゅうへい》ちゃんも淋しがっていますし……」

トミ子は世間体をはばかって言ったに違いなかった。

この四月から小学二年生になった修平は、母の貴代子の不在など気にもとめていないだろう。

修平には生まれたときから祖母代わりのようなトミ子がそばにいたし、二年前からは、やはりトミ子と同じく住みこみの家庭教師である大野多重子《おおのたえこ》がついていた。五十五歳のトミ子と二十六歳の多重子、この親子のように齢《とし》のはなれたふたりの女が、たえず修平の身のまわりの世話をしているかぎり、貴代子が母親らしくふるまう必要はほとんどなかった。

実際、修平は学校や遊びから帰ってくると、貴代子がいるにもかかわらず、まっさきにトミ子の姿を探す。トミ子が留守だと知ると「じゃあ、多重子さんは?」と、その表情は、貴代子を見つめながらも不安の色をおびている。

車は予想通り宮の森方向に進んでいるようだった。

途中で車を降り、タクシーを拾うこともできる。

けれど、貴代子は助手席に深く体を沈め、フロントガラスの上方に広がる夜空と、無数の星のまたたきを眺めつづけた。青白く、小刻みにふるえる光だった。時刻は十一時になろうとしている。

城岡とホテルにゆくことになろうとは、夕方、家をでたときには、まるで予測もしていなかった。

数年間の空白はあったにしろ、彼は学生時代からの友だちで、ここ半年ほどひんぱんに会ってはいても、あくまでも気楽なおしゃべり相手と見なしていた。

貴代子は、星のまたたきに夫の辻沢和雄《つじさわかずお》の顔をかさねあわせる。その顔はすぐに重みを失い、星の光のむこうに通り抜けていってしまう。

どちらも再婚だった。

貴代子には修平がいたが、辻沢には死別した妻とのあいだに子供はなく、その点もまた貴代子の父の英太郎《えいたろう》を乗り気にさせた。三年前のことである。

辻沢は再婚によって、貴代子の父がオーナーである不動産会社の取締役に昇格し、ますます父の片腕としての信頼を厚くしていった。

現在住んでいる宮の森の家も、再婚と同時に父に建ててもらったもので、同じ敷地内には父がお手伝いさんと暮らしている平屋もある。母は貴代子が学生の頃に病没していた。

再婚して三年がすぎ、貴代子は三十五歳、辻沢は四十歳を迎えた。

辻沢は手のかかる面倒な夫ではなかった。

貴代子がこの再婚に彼の打算を嗅ぎ取りながら、いっぺんとしてそれをほのめかしたことがないのと同様に、辻沢は貴代子が自分の妻としての体面をけがさない範囲内では、途方もなく寛大な夫といえた。

血のつながらない修平にも、父親らしい情愛をそそぎ、実の親子でないからこそ、気くばりにも心をくだく。小学校に入学する前の年から、家庭教師をつけたのも、辻沢の配慮である。

貴代子はそれに反対も賛成もしなかった。いつの頃からか、子供を育てる自信を失《な》くしていたし、家庭内で何かを決める場合は、むしろ自分の意見はひかえたほうが事は順調にゆくような気がしていた。

ハンドルを握り正面をむいたまま城岡がきいた。

「後悔している？」

妙に陳腐な台詞《せりふ》に聞こえ、とっさに貴代子はうつむく。

その無言を、城岡は肯定と受けとめたらしい。

きまじめな口調でさらにつづけた。

「きみに迷惑はかけたくない」

このまま黙っていると、彼はいっそうこちらを興醒《きょうざ》めさせる言葉を羅列《られつ》してきそうだった。

貴代子は星を見あげて答える。

「後悔とか迷惑とか、そういうことじゃないの」

辻沢に申し訳ないという自責の念も不思議なくらい抜け落ちている。

ハンドルを握りながら城岡がちらりと貴代子のほうを見た。おびえるような、哀願するようなまなざしだった。三十六歳の大人の男性を演じるのにかなり巧妙でありながら、どうしても演じきれない神経質な一面がむきだしになっている。学生の時分、原本夏子《はらもとなつこ》を恋人にしながら、彼はときたま今とそっくりな視線で貴代子を見つめることがあった。

ごく最近、夏子の言っていた言葉がよみがえってくる。

「彼は昔、あなたが好きだったのよ。でもあなたは彼にとってあまりにもまぶしい存在で近づくことさえできない。それで、もっと身近で手頃な私とつきあったわけ」

城岡はふたたび正面をむき、ごく何気ない調子でたずねた。その何気なさが、かえって無理をしているみたいに感じられた。

「そういうことじゃない、とは？……？」

「うまく説明できないけれど……人妻と不倫、みたいなとらえ方はしてほしくないわ」

「しかし、事実、ぼくは独身できみは人妻だ。男としては当然考えざるをえない」

ふいに貴代子の心の中からうつろにさまよいでてゆくものと、体の内側に、かたくなに凍《こお》り立つものがあった。

不安定な心の揺れと依怙地《いこじ》さに、全身がふたつに裂かれたみたいなこの状態は二十代の頃から経験していたけれど、齢とともに襲ってくる度合いが激しくなっていた。

とりわけ夫の辻沢に抱かれたあとは、叫びだしたいような気持に駆《か》り立てられたものだ。

そのため結婚して半年もたつと、夫婦間の性交渉はほとんどなくなってしまった。

だが今、貴代子は叫ぶよりも、両膝をかかえ、そこに顔をうめてしまいたい衝動《しょうどう》をおぼえた。凍りつく依怙地さよりも、自分が空洞になってしまったみたいなうつろさが耐えがたかった。

そんな内心をかろうじて押しとどめ、貴代子は冷淡に言い放つ。

「今夜のことは忘れましょう。おたがいに魔がさしたのよ」

相手は沈黙している。

しばらくして宮の森の住宅街の明かりが見えてきた。

もうこのあたりで車をとめてもらおう、貴代子がそれを口にする前に、城岡が思いきってという感じで言ってきた。

「きみの離婚だけれど、男性関係が原因というのは本当なのか?」

表情を動かすことなく問い返す。

「だれがそういう話を言っているの」

「いや、誤解しないでくれ。きみという女性をもっと理解したいだけなんだ」

「理解? なんだか、うっとうしい言葉……私の離婚について、あれこれ言いふらす人物といえば、夏子かしら」

「……」

「おもしろい話を教えましょうか。夏子はね、学生時代にあなたの恋人でいながら、こっそり前崎《まえさき》ともつきあっていたの」

前崎は貴代子の前夫である。

「まさか……」

「これは離婚してから夏子に打ち明けられたわ。私が前崎と結婚してからは何もなかったとか。でも、真相はわからない。ただ、あのふたりは今でもときどき会っているようね」

「きみだっていまだに彼女と友だちづきあいをしているじゃないか……しかし、それにしても、もう昔のこととはいえ、夏子と前崎の話、いささかショックだな」

「……ああ、もうこのへんで降ろしてくれる？」

「しかし、そのハイヒールでは」

城岡は心配そうに貴代子の足もとを見つめ、それでもいったん車をとめた。

ベージュ色のパンプスに淡黄色の薄手のウール地のコート、その下にタイトな白のワンピースというのが、その日の貴代子の服装だった。

家はゆるい坂を登った角にあり、城岡はパンプスのかかとの細さを案じていた。少なくとも坂道を登り降りするには不向きな靴だった。そのため、こういう服装で外出する場合は、いつもタクシーを呼んでいる。

だが今夜はそんなことよりも、早くひとりになりたかった。

「じゃあ、これで」

貴代子は車のドアを開けて路上に降り立った。

城岡が助手席へ身を傾けて何か言いかけたが、かまわずに歩きだす。

札幌の四月も中旬の夜気は、まだ春というより冬の冷たさをおびていた。新緑の香りよりも、ようやく雪どけの季節がすぎ、乾いた路面のほこりっぽい匂いが空気の中に漂っている、妙におさまりの悪い時期だった。

外出着をぬぎ、下着の上にシルクの白いガウンをはおった貴代子は寝室の鏡台の椅子に腰かけ、化粧を落としはじめた。

結婚したときから辻沢とは寝室を別にしている。特別な理由もなく、どちらから言いだしたのかも忘れてしまったが、再婚同士の暗黙の智恵が働いて、ごく当たり前のようにたがいのプライベートな空間を確保しあったと記憶する。辻沢の寝室は書斎もかねているため、貴代子のここよりも、わずかに広い。

が、今となっては、結婚当初のあいまいな取り決めは正解だったと貴代子は思っているし、おそらく辻沢も同様の気持でいるだろう。

家の中は静まり返っていた。

トミ子と修平の就寝時間はとうにすぎていて、階下からは物音ひとつしない。

玄関先には辻沢の靴がきちんとぬぎ揃《そろ》えてあり、貴代子より早い帰宅を物語っていたが、廊下をはさんで斜めむかいの彼の寝室の前は、黙って通りすぎてきた。

その隣りの多重子の部屋も、ドアのすきまから明かりはもれていたが、相変わらず静かだった。

クレンジング・クリームを顔中に塗り、ティッシュ・ペーパーでゆっくりとふき取ってゆく。念入りに、けれど一見素顔に近いと思わせるテクニックを駆使《くし》したこの化粧を落とす夜のひととき、貴代子は仮面をはずすような解放感を味わう。辻沢にも多重子にも、そして修平にさえも、ほとんど素顔で接したことはない。

明るい肌色のファンデーションがきれいに顔面からぬぐい去られ、その下からは三十五歳のくすんだ皮膚があらわれてくる。それは、どうひいき目に見ても、あきらかに二十歳の肌の色つやではなかった。

数時間前、ホテルのベッドの上で城岡が取りのぼせた声で言っていた言葉を、貴代子は自《じ》嘲《ちょう》まじりに胸の中でくり返す。

「きみは昔のままだ。少しも変わっていない。学生の頃にもどったみたいだ」

あれはベッドの中の魔術というものだろう。ほの暗い照明の効果ともいえる。

体型こそさほど変化はないが、肉体そのものの美醜の点からすれば、確実にみにくくなっているはずだった。そして、それに比例して、生き方もまた限りなくルーズに、いいかげんに、退廃的《たいはいてき》になりつづけている。

十五年前、貴代子と同じ札幌のG大学の同期生であった城岡は今よりもはるかに痩《や》せていた。しかも長身なために、その痩せぎすの身体は栄養不全の貧相さを感じさせた。どこか垢抜けしない雰囲気は、多分、つまらない劣等感がもたらす心のにごりの反映だったに違いない。

現在はともかく、当時の札幌には、そういうタイプの男子学生はけっこういた。北海道の地方都市では秀才というまわりの期待を浴び、ところが、まず東京の大学を受験して失敗し、浪人した挙句に仕方なく札幌の二流どころの私立大学に進学する。軽蔑していたはずのその大学でも、札幌出身者と地方出身者の生活観の違いに愕然《がくぜん》とし、プライドを打ちのめされ、たちまちのうちに貝のように身をちぢめてしまう。自分のおいたちや家庭環境を不必要に恥じ、それが劣等感となってゆくらしい。

札幌からJRで三時間かかるA市の出身で、一浪の経験のある城岡も、そうしたなかのひとりだった。

ただ彼のくずれ落ちそうなプライドを、かろうじて救いあげたのが大学二年目に知りあった夏子である。

夏子はとかく目立つ存在だった。センスのよい服装、華やかな言動、高校生の頃から札幌の歓楽街・ススキノに出没していた自称「不良」の彼女は、なぜか城岡を気に入って自分から彼に接近した。貴代子と同じく夏子も札幌にうまれ育った。

貴代子からすると「痩せぎす」の城岡も、夏子の目には「繊細」とうつり、さらに好みの顔立ちだったらしい。

確かに彼はととのった容貌の部類に入る。

けれど当時の貴代子は彼にはまるで無関心だった。むしろ友人の夏子が選んだのが彼だという意外さは、そのまま夏子への素朴な質問にむけられた。

「彼のどこに惹《ひ》かれたの？」

「私より数倍も頭のいい人よ。とにかく言うことがシャープなの」

その頃、貴代子がつきあっていたのは前崎だった。

城岡の野暮ったい雰囲気とは正反対に、夏子と同じく十代のなかばから大人にまじって遊び馴《な》れていた前崎は、何かにつけ如才なく、相手の気をそらさず、その反面、ここぞというときには男気《おとこぎ》を示すきっぷのよさを身につけていた。

その前崎と結婚したのが二十五歳、二年後に修平を出産、そして三十歳で離婚した。

貴代子は鏡台の前で髪にブラシを当てながら、十五年前、前崎に言われた言葉を耳奥によみがえらせた。

「きみは陽炎《かげろう》のような女だな。おれとしてはそのあやふやさがおもしろいけれど」

あやふやなのはいまだにつづいている。

若年のあやふやさは、まだ成長しきらない可能性を秘めていたけれど、三十五歳になってもなお心が浮遊している状態は、だらしなく、みっともないものだった。

わかっている。わかっているけれど、自分でもどうしようもない。どうしたらいいのか、そのヒントさえ見出せずにいる。

夏子の生き方がうらやましかった。

離婚後も修平の近況報告のために、ときおり会っている前崎も、あやふやさからはほど遠い人生を送っている。

鏡の中の自分に貴代子はブラシを持つ手をとめて、たずねる。

(なぜ、城岡に誘われるままホテルにいったのか)

答えは見つからない。

気まぐれ、あるいは退屈しのぎ、そうとしか言いようがない。

一瞬、胸の中を前崎の顔がよぎってゆき、貴代子はうろたえた。現在の夫である辻沢にはいだかなかった罪悪感めいた感情が走り抜けていったからだ。

けれどひと呼吸のあと、貴代子は無感情に胸の中で言いすてていた。

(こうやってずっと生きてきたのだから仕方がない。だれに許されようとも思わない)

明け方、貴代子は夢うつつのなかで、ドアのきしむ音を聞いた。

廊下を歩く気配を感じた。

再度、ドアの開閉にともなう空気の揺れも伝わってきた。

半分さめかけている頭で、貴代子はそれが意味することを理解した。

辻沢と多重子、このふたりのどちらかが一方の部屋に忍び入った……。

他人事《ひとごと》のように貴代子は思う、そのうち何気なく夫に忠告しなくては。トミ子の手前もあるのだから、勘づかれる前に別の手段を考えてもらいたい。多重子を慕っている修平のためにも、良き父親像をこのまま保ちつづけるためにも。


翌朝いつも通りに八時に目ざめた貴代子は、二階の浴室でシャワーをあびたあと薄化粧をし、白いウール・ジャージーのワンピースに着がえた。

寝室のベランダからは春の陽ざしがまぶしいほどにさしこんでいる。

階下に降りてダイニングキッチンへゆくと、流し台の前に立ち洗い物をしていたトミ子が、両手を動かしながら首だけこちらにむけた。

「お食事は何にしますか」

「そうねえ。きょうはハムエッグと果物にするわ」

辻沢はすでに出勤し、修平は学校へ、そして多重子は週に三回講師をしているカルチャー教室に出かけていた。三回とも午前中の教室の担当で、主婦を相手に英会話を教えている。

貴代子は大きな楕円形のテーブルの椅子に腰かけ、セットされたコーヒーメーカーから、いつものまろやかな風味のそれを大ぶりのマグカップにそそぐ。

この家の朝食はまちまちだった。辻沢とトミ子はごはんにみそ汁の和食を好み、多重子はクロワッサンかバターロールにコーヒーだけと決まっている。修平はその日の気分でごはんかパンにする。貴代子は主食抜きで、卵料理にハムかソーセージをそえ、果物、野菜サラダ、作りたての生ジュースなどを組みあわせる。

以前、トミ子の手間を考えて、朝食は和・洋のどちらかに統一しようと言ったのだが、「そのくらいのことはたいして面倒ではない」とむしろ笑い返されてしまった。それに多重子がこの家にきてからは、食事の仕度はふたりでやるようになっていて、トミ子はかなり助かっているらしい。

ガス台にフライパンをのせ、ハムエッグをこしらえているトミ子の後ろ姿は、がっしりとして、いかにもたくましかった。はやりすたりに関係のない、くすんだ色合いのブラウスにスカート、エプロンをつけたその恰好《かっこう》は、最近の五十代女性とくらべると、かなり地味で、貴代子はときどき明るい色柄のブラウスやカーディガンをプレゼントするのだが、トミ子はうれしがってはくれるものの、すぐには着ようとしない。手持ちの服がダメになったそのときに、と言ってタンスの引き出しに大切そうにしまってしまう。

「トミさんがうちにきてから何年になるのかしら」

「貴代子さんが中学一年でしたから、二十二年ですね」

「じゃあトミさんは三十三歳からずっとこの家に……今の私より若かったのね」

「でも三十三歳といっても、貴代子さんと違って私は齢より老《ふ》けていましたし、子供を病気で亡くし、亭主も酒乱のひどい男でしたからね、こちらにごやっかいになって、ようやくほっとしたものですよ」

　トミ子がこの家にきてから何年になるか、といった会話は、もう何回となくふたりでくり返してきて、いわば暗記した台詞《せりふ》の決まりきったやりとりにすぎないけれど、貴代子は第三者の入らないこういうひとときは心底《しんそこ》からくつろげた。

　貴代子は二十二年前、はじめてトミ子を見た印象をいまだに忘れていなかった。

　骨張ったいかつい体型に浅黒い肌は、まるで力仕事ひとすじに生きてきた女性のようだった。母とは何もかも正反対で、確かに三十三歳というより、もっとくたびれきった年代の雰囲気を持ち、口かずも少なく口下手でもあった。

　しかし中学一年生であった貴代子は、トミ子の土の匂いのする外見の内側にひそむ、おおらかで柔らかなものをすぐに嗅ぎ取った。思春期の少女特有の、動物的な勘で、母にはない「母的」な要素を感じた。

　予感を裏切ることなく、トミ子は、あれこれと口実をつけてはまとわりつく貴代子をうるさがるふうもなく、寡黙《かもく》ながら、いつも熱心におしゃべりに耳を傾け、実《じつ》のあるうなずきを返してくれた。

　トミ子の出現で、貴代子の反抗期はおさまった。それまでは母の存在が目障《めざわ》りでたまらなく、貴代子を子供扱いにする若いお手伝いさんにも八つ当たりしつづけていた。

その若いお手伝いさんが辞《や》めたあとに、トミ子が住みこみできたのである。

「はい、できましたよ。塩は軽くふってあります」

目の前に白い皿にのったハムエッグが差しだされた。食べやすい櫛《くし》形に切ったオレンジ二個の皿も置かれる。

フォークを手にしながら貴代子はたずねた。

「ねえトミさん、私は結局あんなに批判していた母と同じような女になってしまったと思わない？　家事も育児も人まかせで、ただ遊び好きで浪費家の、いてもいなくてもいい主婦……」

洗い物にもどりかけたトミ子が振り返った。その目には怒りが宿っていた。

「奥さまと貴代子さんはまったく別ですよ」

いっさいの批判を受けつけずに、ひたむきに子の味方をする母親のようだった。

「貴代子さんは離婚のつらい経験もしている。それに亡くなった奥さまは、今のような言葉はぜったいに口にしない方でしたからね」

それからトミ子は次にどう言うべきか、両手でエプロンをまさぐりながら、つかのま宙に目を泳がせた。

「……たとえば、えーと、私は先の奥さまからブラウス一枚いただいたことはありませんし……いえ、欲しいというのではないですよ……まあ、貴代子さんはへんに気をつかわなくていいと、これは多重子さんも言ってました。とにかく私たちに好きにさせてくれるし、全然口うるさくない、本当にらくですよ」

口うるさくしたくとも、家事のどこをチェックしたらいいのかわからなかった。修平の勉強にしても、プロの多重子には最初からかなわないと素直に引きさがっていた。

加えて、多重子には家事まで手伝ってもらい、夫との性交渉を厭《いと》う貴代子の代理までつとめてもらっている。

辻沢と多重子それぞれの気持はどうなのか、ときおり、そう考えないでもなかった。ただ辻沢は現在の生活を簡単には手放さないだろう。彼の利害は貴代子の父ときっちりと結びついている。

ただ、多重子については、多少気にかかる。深夜の仕事は、そこそこに辻沢に好意をいだいているからなのか、それとも、仕事の一環ととらえて割り切ってかかわっているのか。いずれにしても、辻沢が多重子に月々の家庭教師料のほかに、しかるべき追加料金を渡しているのかどうか、確かめておきたかった。多重子は報酬を受けて当然なのだから。

ふたたび洗い物をはじめたトミ子の背中にむけて貴代子はきく。

「多重子さんはこの家についての不満はないのかしら。トミさん、何か聞いている？」

「そうですねえ」

トミ子は手を休めずに答えた。

「これといってないみたいですよ。そう、そう、この前、言ってました。修平ちゃんが何歳になるまでここに置いてもらえるのかしらって。それは居心地がいいということですよね」

「結婚のことは考えないのかしら」

「どうなんですかねえ……そういう話はほとんどしない人ですし」

電話のベルがなった。

「いいわ、トミさん、私がでる」

受話器を取ると、城岡の声が遠慮がちに聞こえてきた。

「……どうしているかと思ってね」

「いつもと変わりなく朝ごはんを食べているところよ」

「そう。元気ならいいんだ……会えないかな……」

わずらわしさを感じた。その場のがれに言ってしまっていた。

「午後に〝ハラモト〟にゆくわ。そちらに電話くださる?」

「わかった、そうする」

「ハラモト」は夏子が経営するブティックだった。六十代の男性がパトロンになっていた。

ブティック「ハラモト」は、札幌の南三条西二丁目の角にあるファッション・ビルの一階、舗道に面した大きなショーウィンドーを持つ店だった。

そのビルには、いくつものブティックやエステティック・サロンなどが入っている。めぐまれたスペースを借りられたのは、ビルのオーナーが夏子のパトロンだからである。六十代なかばの彼は京都に住み、ひと月に二回ほどやってくる。

「ハラモト」は三年前に、このビルが建てられると同時にオープンし、それ以前の夏子には、やはり別のパトロンがいて、遊び半分ひまつぶし半分で喫茶店をやっていた。あえて働かなくてもパトロンから十分すぎるほどの生活費をもらい、しかし、それではあまりにも退屈なため喫茶店をはじめたのである。もちろん、その開店資金もパトロンからだしてもらった。

四年前、そのパトロンが癌で他界した。

彼の友人だったのが現在の六十代の男性で、夏子によると「悲嘆にくれる私に心から同情してくれ、やがて、同情が愛情に移り、今では私をいちばん理解してくれる人」。

貴代子はその話を聞いたとき、夏子の女としての生命力の手ごわさとしたたかさに、ほとんど言葉を失ったけれど、考えようによっては、じつに男運のよい女性ともいえた。

しかも夏子は、相手をけっして「パトロン」呼ばわりせず、恋人であり、彼氏であると強調する。本心から彼を愛しているのだと言ってはばからない。

といって彼以外の男性は眼中にない、というわけではなく、「ご縁のある方」との交際も

「そういうめぐりあわせ」と称してすんなりと受け入れてゆく。

「ご縁のある方」にはパトロンの存在について口を閉ざしているし、パトロンに対しても同様にこちら側の秘密は、けっしてもらさない。貞淑そのものを装い、パトロンに疑いの余地さえ与えないのだという。

どうやってそのように巧みにかくしおおせるのか、と貴代子がたずねたことがあった。

夏子は一瞬、小首をかしげた。

「そうねえ、かくしているつもりはないの、本当よ」

本当よ、これは彼女の口癖だった。

「彼と一緒にいるときは、どうやって彼をめいっぱい楽しませるか、それしか頭にないの。特に私のつきあってきた彼って、ずっと齢上の人ばかりでしょう。で、私は彼らより若いわよね。普通は年配の男性が、恋人の若い女性に焼きもちをやくパターンが多いけれど、私はね、その逆にこちらから嫉妬してみせるの。これって意外とうれしいらしいわ、本当よ。貴代子も一度やってみてごらんなさいな」

貴代子が「ハラモト」を訪ねるのは十日ぶりである。

貴代子は車の運転免許を持ち、自分専用の車もあるのだが、城岡と会うようになったこの半年間、外出にはすべてタクシーを使っていた。

城岡とのおしゃべりのひとときには必ずアルコールがともなうためだった。めったにハンドルを握らない車の鍵《キー》は、多重子に預け、自由に乗りまわしてもかまわないと言ってある。しかし、ほどをわきまえている多重子は、あまりプライベートには使用していないらしく、修平をドライブにつれていったり、トミ子と修平の三人でスーパーに食料品を買い出しにゆくとき以外、たとえばカルチャー教室の仕事には、これまでどおりにバスと地下鉄を使っているようだった。

透明なガラス扉を押して、店内に一歩足を踏み入れた貴代子に、奥のサロン・スペースから、すばやく声がとんできた。

「まあ、貴代子、ちょうどよかったわ。電話しようと思っていたところだったの」

長い髪をウェイブで波立たせ、春らしい淡いブルーのワンピースに同色の半透明なスカーフを首にからめた夏子が小走りに寄ってきた。銀の大きなイアリングが、長い髪のあいだから見えかくれしている。

「あら、その服はこの前買ってくれた品ね。とってもよく似合うわ、本当よ」

その日の貴代子は枇杷《びわ》色――淡いオレンジと淡いピンクをまぜたような色のスーツだった。下に白のシルクのブラウスをあわせ、これも「ハラモト」で、夏子にすすめられるまま特別にオーダーした一着である。たっぷりとしたドレープが胸をおおっている。

「じつはね……」

言いながら、夏子は貴代子の腕に腕をからませてきた。こういう何気ないスキンシップは夏子のくせなのか、親近感を与えるための商売上のテクニックなのか、いまだにわからない。ただ学生の頃は、これほど相手に触れなかったように思う。

「そろそろ夏物が入ってきたの。その中にあなたにぴったりなのがあって、店頭にはださずに取り分けておいたのよ」

シーズンごとにこの店で購入する洋服代はかなりの金額になっているはずだった。正確な額面については、もはや貴代子は把握していない。初めは買うたびに一応のメモはしていたのだが、この二年ほどは、まったく無頓着《むとんちゃく》になっていた。

請求書は夫の辻沢宛に送られる。彼がその請求額を見て、それとなくたしなめる言葉をつぶやいたなら、少し自重しよう。その場合は、夏子にも「夫に注意された」と弁明できる。そうなるまでは、とりあえず彼女の売り上げに協力しても悪くはあるまい。

実際、貴代子は本心からこれが欲しいと思う服は、この店で扱っている品にしろ、他のブランド品にしろ、まったくといっていいくらいなかった。

だから買ってはみたものの、まだ手を通していない服が何着もある。

「ハラモト」には高級ランジェリーやナイティーのコーナーもあり、そこでも貴代子はシルク製品などをかぞえきれないぐらい買っている。それらの品々は洋服と同じく自宅のクロゼットの棚に積みあげられ、ときどき多重子を呼んで「好きなのを選んだら」と気前よくプレゼントしてしまう。多重子はシルクと聞いただけで緊張し、ひどく恐縮する。そういう様子を目のあたりにするたび、貴代子は自分の金銭感覚が相当にずれているか麻痺しているらしいと思うのだが、ずれの程度の判断はまるでつかなかった。

「ハラモト」には、午後二時をすぎたその時刻、ほかに客はいなかった。

夏子に腕を取られて、グレーの濃淡で統一されたサロン・スペースにゆきソファに体を沈めると、すかさずハーブティーが運ばれてきた。

「いらっしゃいませ」

オープン当時から夏子の片腕として働いている女性だった。年齢は夏子よりやや上で、つねに黒か濃紺のシンプルなワンピースを愛用し、こぶりのスカーフやブローチを使ってのさりげないおしゃれがじつにうまい。きょうは濃紺の服に身をつつみ、あざやかな真紅の口紅だけが、そのいでたちのアクセントだった。

また彼女の落ち着いた物腰は、店主の夏子よりもはるかにオーナーらしさを感じさせた。

夏子はきらびやかな魅力には富んでいるけれど、シックという点では、いささか物足りない。性格にもそれは当てはまる。

夏子がもうひとり若手の女性に手伝わせて、店の奥から数着の服をたずさえてきた。サマー・ウールの淡いブルーのスーツ、シルク・シフォンの純白のワンピース、カッチリとしたボレロ丈の上着にロング・スカートの組み合わせは、やはり白で素材は麻だった。そのほかにエスニック風のスカートやレースのタンクトップなどの単品がいくつかまじっている。

「サイズはどれもあなたにぴったりで、お直しの必要はないわ。このロング丈のも以前買った革のスカートの寸法と同じだから、ちょうどよいはずよ」

確かに夏子がすすめるこのメーカーの品は、あらかじめ貴代子のサイズを言ってオーダーしているのではないかと疑ってしまうほど手直しの必要がなかった。

「ね、試着してみて」

「ええ……」

言いながら貴代子はティーカップを手にする。なんとなく億劫《おっくう》だった。どっちみち結局は買うことになるのなら、あえて試着する手間ははぶきたい。物憂げにハーブティーを飲んでいる貴代子に、夏子はじれったげな口調で身をのりだしてきた。

「せっかく貴代子のためにセレクトしておいたのよ。それとも気に入らなかったかしら」

「いいえ、そんなことないわ」

だが、ラックにさげられた洋服には、ほとんど無関心な視線をむけていた。

何もかもつまらなかった。心の底のほうから少しずつ水分が枯《こ》渇《かっ》し、ひからびてゆくような感覚をおぼえた。

洋服だけのことではない。自分のこれから先の人生はどんどん色褪《あ》せ、味気なくも無感動な世界に入りこんでゆくような気がしてならなかった。そのむなしさに沈む寸前の最後のあがきのように、この店で何着もの服を買い、かろうじて現実と接点をつないでおこうとする。しかし、それも近頃は効果を失いつつあった。夏子がもたらしてくる現実は、所詮《しょせん》、華やかな一枚の布でしかない。

濃紺のワンピースの女性が近づいてきて、貴代子に告げた。低く、柔らかみのある声だった。

「お電話が入っておりますが、コードレスをお持ちいたしましょうか？」

「いえ、そちらにゆきます」

城岡だろう。貴代子はティーカップをテーブルにもどし、店の中央にあるレジ台にむかった。

「もしもし、辻沢です」

「今朝はすまなかった。自宅に電話したりして」

「気にしないで。いろんなお友だちからよくかかってきますから」

「そう、それなら安心した……ところで今夜三十分でも会えたらと思って。六時には会社をでられるのだけれど」

受話器を耳に当てたまま、腕時計に目をやる。六時まであと三時間半も待たなくてはならない。

「これからの予定がちょっとわからないので、のちほど私のほうからそちらにお電話を入れます」

「必ず連絡してほしい。たとえ会えないにしても」

「はい。そのようにいたします」

サロン・スペースにもどると、夏子が好奇心にみちたまなざしをそそいできた。

「珍しいわね。ここにまであなたを追って電話がかかってくるなんて。家から？　急用だったの？」

「宝石店のひと。おすすめの品があるからとしつこくて。トミさんがうっかりこの店を言ってしまったみたい」

「ほかにだれがいるというの」

「本当に？」

「あら、あら、そんな強気でカムフラージュしようとしても、私にはむだよ。離婚してから再婚までの二年間、ずいぶんと遊んでいたあなたを知っているのだから」

「それ、脅《おど》しのつもり？」

「まあ、ひどいこと言うのね。違うわよ、私の言いたいのは。適当に遊んでいないと、すぐに老《ふ》けこむから、息抜きは大切。特にここ一年ほどの貴代子はへんに地味っぽくなって、私、心配していたのよ」

「地味っぽく、ねえ」

貴代子は苦笑する。無気力感がそんな印象を全身にゆらめかせていたのか。

しかし夏子はその苦笑を勘違いした。

「ご主人との仲が安定している証拠でしょうけれどもね……そういえば前崎さん、ときどきここにお見えになるのよ、立ち話をするぐらいだけれど」

前崎の名前を聞いて、貴代子のぐずついていた気持が、一瞬にして晴れた。

城岡と会うまでの三時間半を前崎の所でつぶすという方法を思いついたのだった。

喫茶店で長い時間ねばっているのも退屈で手持ちぶさたであるし、ここにいると夏子の余計な詮索《せんさく》を受けないともかぎらない。

貴代子は、夏子が選んでおいた自分用の服を、ざっと見渡してから、すべて買うことに決め、品物は後日取りにくると称して「ハラモト」をでた。

四月の午後の陽ざしはまぶしすぎるほどで、貴代子はバッグからサングラスを取りだした。

三十歳をすぎてから、直射日光はひどく目にこたえた。視神経がもろくなってきたのか、心理的に拒否するものがあるのか、とにかく昼間の外出には一年中サングラスを手放せなかった。

前崎は父親から受けついだ大きな薬局を、歓楽街・ススキノと豊平《とよひら》区は平岸《ひらぎし》の大手スーパーのなかに持っていたけれど、貴代子と結婚してからグラフィック・デザイン事務所を経営し、離婚後はマーケティング・リサーチ会社を設立した。

前崎自身はデザイナーの経験もマーケティング・リサーチに本格的にたずさわった経歴もなく、どちらもそのトップに優秀な人材を引き抜いてきて、社長の肩書を与えたのだった。

デザイン事務所とリサーチ会社は同じテナントビルに入っている。

札幌を訪れた観光客が、この土地の物産品をみやげにといちどはのぞく二条市場が豊平川のそばに一区画をしめ、その近くの十階建てのビルの七階と八階を前崎の会社が借りていた。

薬局のほうの本部事務所はススキノ店に置かれてあり、前崎は一日のうち何回もテナントビルとそこを歩いて往復しているらしかった。その途中に夏子の店がある。

デザイン事務所の社長は前崎の高校の同級生で、貴代子もよく知っている人物であり、リサーチ会社をまかされている男性も、彼が他のリサーチ会社に勤めていた時分からの顔なじみだった。離婚前の自宅にも二、三回は招いていた。

きょう、突然にオフィスにゆき、前崎が不在であってもかまわなかった。

オフィスの雰囲気にまぎれ、人々が働いている姿を見るだけで、貴代子の心はなんとなく充足してくる。

前崎と離婚した原因は、彼の浮気がその発端だったのは確かだが、年をへるごとに、貴代子は何か見えないものによって、そう仕向けられたような思いが強くなっていた。

離婚は貴代子の側から言いだした。

前崎も自分の非を認め、そして多分、彼一流の意地も働いて、あっさりと承知した。けれど、ふたりのあいだに憎しみはなく、別れたあとも、こうして貴代子は少しのためらいもなく彼のオフィスにときどき顔をのぞかせる。前崎も快く迎える。

学生時代に貴代子の恋人であった前崎と、城岡とつきあっていた夏子が関係していたことを、離婚後に夏子から打ち明けられたときは、それなりにショックを受けたけれど、その一件はいまだに前崎に問いただしてはいない。

きっと事実なのだろう。どういうきっかけで前崎と夏子がそうなったのか、夏子はこまかい説明は省略した。ただ夏子は離婚した貴代子を慰めたかった、とは言った。

「つまり前崎さんが女性関係にいいかげんなのは今にはじまったことじゃないし、貴代子が悪いのではないと私は思うのよ。本当よ。見ててごらんなさい、彼は離婚の原因になった彼女とはすぐに別れるから」

夏子の予想は当たった。

前崎は別れてから五年たった現在も独身をつづけていた。同棲している様子もない。修平には会わないという約束も守ってくれている。

そして今になって貴代子は、なぜ自分たちが離婚したのか、ますます不可解さを深め、けれど、その謎解きを徹底して追求しようとは思わなかった。突きつめていった果てにあらわれてくるものを正視するのが恐ろしくもあったし、またそれ以上に、今さらというあきらめの感情も胸をよぎってゆく。

ただ、父の英太郎は、最初から前崎との結婚に反対した。娘の結婚相手は、自分の会社をついでくれる者とあたまから決めつけ、期待をいだいていたのは知っている。

貴代子には異母弟の達朗《たつろう》がいるけれど、五つ違いの彼を、父は毛嫌いし、自分の跡つぎにはさせたくないらしかった。

「あいつは企業のトップになれる器《うつわ》ではない。ここいちばんというときの度胸に欠けている」

達朗はこの札幌でひとり暮らしをしていた。地場《じば》の中企業に勤めるごく平凡なサラリーマンで、父とは正反対の性格だった。といって辻沢ほど父には従順ではなく、芯《しん》の部分に頑固なくらいの気骨を秘めているところがある。その達朗の母であり、父の愛人であった女性はとうに亡くなっていた。

前崎との結婚に賛成しなかったのは父だけではなかった。

表立っては無言をつらぬいていたけれど、トミ子も前崎を心のどこかで嫌っていた。言動のはしばしから、それはしぜんとこぼれ落ちた。といっても貴代子の前でだけの無防備さである。

前崎はトミ子に当てこすりめいた言葉はひと言も口にしなかったけれど、相手が自分をどう思っているかは、うすうす感じていたに違いない。

修平がうまれてから家庭内は、いっそう前崎にとっては居心地の悪い場所になってゆき、浮気へと追いこむ結果になったともいえる。

だが、それ以外に具体的に前崎をはじきだす大きな出来事はこれといってなかった。

トミ子は内心ではどう思おうとも、一応「お手伝いさん」のぶんをわきまえて、前崎にはていねいな対応を保ちつづけていたし、貴代子も夫をないがしろにはしなかったつもりである。

前崎が勤めにでている日中に外出する場合でさえ事前に用件を伝え、了解をえてからそうしていたし、親戚づきあいのことから部屋の模様がえにいたるまで、ことこまかに彼の判断をあおいだ。

修平の誕生後も、貴代子の夫に対する態度は変わらなかった。

ただ当然のことながら赤ん坊のいる家庭は、それまでとは違う雰囲気になり、特にトミ子が乳呑《ちの》み児《ご》の修平の口を借りて言う言葉は、ときにドキリとするような棘《とげ》をふくんでいたりもした。

「修平ちゃんもママも淋しいわよねえ。パパは仕事ばかりで、全然かまってくれないなんてねえ」

「この家は母子家庭と同じ、ね、修平ちゃん」

「パパがいなくても、ママとこのトミさんがいれば、修平ちゃんは平気、心配ないの」

それは妻の貴代子が言うよりも数倍の厭味として聞こえたし、前崎にしてみれば、妻が日頃トミ子にそのように愚痴をもらしていると受けとめても仕方がなかった。

そんなとき貴代子は夫とトミ子のあいだに立ってはらはらしながらも、場をつくろう言葉はとっさには思いつかず、トミ子の台詞を是認する恰好《かっこう》になってしまう。すべてを人まかせにして育ってきた習性が、貴代子を形ばかりの妻にさせてしまっていた。

前崎は、しかしトミ子に反論するでもなく、貴代子とふたりきりになっても、トミ子の悪口を言うでもなかった。

ただ少しずつ帰宅が前にもまして遅くなり、あれほど快活だった性格が、家ではほとんどしゃべらなくなりはじめた。

おそらく誤りの原因のひとつは、新婚生活の最初からトミ子を家族の一員のように加えてしまったことだったのだろう。

しかし、ここもあいまいなのだが、貴代子の結婚に際して、トミ子が貴代子の新居についてゆくことを、まわりのだれもがごく当然のように見なし、反対する声は聞かれなかった。

前崎にしてもそうである。挙式の準備と平行して進めていたデザイン事務所のオープンで頭がいっぱいであったためか、新婚家庭にトミ子が入るについては、むしろ歓迎の態度を示した。新世帯のマンション購入にあたっても、トミ子の部屋を確保できる間取りに心をくだいた。多分、自分が忙しさにかまけて妻の相手にばかりなっていられないのを見越しての配慮だったに違いない。

前崎の浮気は、相手の女性が自宅まで押しかけてきたために一挙に発覚した。

単なる男の浮気と言い張る前崎とは逆に、二十代前半の相手は、真剣な恋愛だったとわめき立て、そこでも貴代子は、どちらを責めるも、かばうもできない人形のような愚かな妻を演じるだけだった。目の前でくりひろげられる夫と女性の激しい言い争いを、ひたすらぼんやりと眺めていた。

トミ子はすぐさま父の英太郎に連絡した。

父はこのチャンスをねらっていたかのように、一時間もたたずにやってきて前崎を罵倒《ばとう》し、相手の女性には札束を押しつけ、娘と孫を家につれ帰った。

それからひと月もたたないうちに離婚は成立した。

五年前のあの一連のもめごとを思い返すたびに、貴代子の胸にはむなしい自嘲がこみあげてくる。

だれも悪くはない。

悪いとしたら、この私自身だ。

陽炎《かげろう》みたいに、あやふやに、無自覚に人間関係をとらえていた稚《おさな》さ……。

前崎は、同じビル内にあるふたつの会社のどちらにもいなかった。

「もうそろそろお見えになると思いますが」

コーヒーを運んできた女性社員が愛想よく話しかけてきた。マーケティング・リサーチ会社の、前崎が使用している個室である。デザイン事務所にも同様の専用室が設けられてあった。

「奥さま、そのスーツとてもすてきですね。いえ、いつもすてきでいらっしゃいますけれど、きょうは特に春らしいお洋服……珍しい色のスカーフですこと……」

パステル・トーンのオレンジとピンクの濃淡が交互に染め分けられた、幅も長さもたっぷりとした半透明のストールだった。枇杷色のスーツにはじめからセットされた一枚で、二重、三重にしてふわりと肩をおおうと十分にコートがわりになる。

その色合いに見とれている相手のうっとりしたまなざしが、貴代子にはうらやましかった。少なくともそこには何かに陶酔でき、憧れる心の若さがある。

二十四、五歳、多重子ぐらいの年齢だろうか。

気がつくと貴代子はストールをはずし、相手の手に押しつけていた。

「もしよかったらお使いになって」

一瞬、相手はぽかんとした表情になり、それからあわてて首を振った。

「いえ、とんでもありません。私、そんなつもりで言ったのでは……」

貴代子はほほえみ返す。

「ええ、もちろん、わかっています。でも、このストールも本当に自分のよさを知ってくれる方に使ってもらうほうが幸せ。あなたなら大切にしてくださるでしょ？　私は浮気性だから、すぐに飽きてしまうのよ」

「でも、こんなことまでされては」

「いいの。あなたでなくても、またどうせ、ほかの方にあげてしまうに決まっているのよ。早い者勝ちってことね」

「……そうですか。では遠慮なくいただきます」

部屋をでてゆく彼女の足取りが、心なしか弾んでいるように見えた。

はじめてではなかった。これまでにも何人もの女性社員に、自分が身につけていた品を、その場でプレゼントしている。ほめられる、すなわち相手も欲しいと思っていると解釈し、いとも無造作に与えてしまう。その日着ていた洋服を、会社に届けさせたこともあった。

前崎の耳には、そのつど伝わっているらしい。一回だけ何気なく言われた。

「社員は奇妙に感じているだろうな。オーナーの別れた妻がここにやってきては、自分の持ち物をポンポンと気前よくプレゼントしてしまう。しかも本妻ならまだしも離婚した女房なのだからな。ある種の投げやりというか、おおらかというか」

窓を背にして置かれた前崎の机の椅子に腰かける。茶色い革製の、すっぽりと体がうまってしまう造りは、じっとしていると眠気を誘いだしてきそうだった。なめし革の感触は、どこか熟した果肉に似ていて、そこにすわる者は、果実のタネになった心地よさにくるまれてしまう。

ところで……貴代子は、ふいに、ここにきた理由を思い出した。いつのまにか城岡のことをすっかり忘れてしまっていた。

連絡しなくてはならなかった。

けれど快い椅子に深々と体をあずけているにつれて、面倒くささが先に立ってくる。昨夜のホテルに引きつづき、今朝早ばやと自宅に電話をしてきた城岡の、その行動が物語る、どこかひたむきな心中が、時間とともにうっとうしく感じられてきた。

が、連絡しなければ、またもや彼から電話がかかってくるだろう。必ずそうなるに違いない。男女関係の、逃げると追うのゲーム心理は、離婚から再婚までの二年間の「遊び」の体験から漠然と学んでいた。

「遊び」のそれなりの楽しさ、ばかばかしさ、男女の掛け引き、ずるさを目のあたりにしたのは、マイナスだったのかプラスになっているのか、いまだにわからない。

マイナスの面ははっきりしている。「遊び」のたびに、夏子と行動をともにしたことである。さっきも「ハラモト」で夏子は当時のことを思わせぶりに口にした。

さらに昨夜の城岡の質問も、出所《でどころ》は夏子しか考えられなかった。

「きみの離婚だけれど、男性関係が原因というのは本当なの？」

夏子は離婚の真相を知っているのに、どうして彼にそんな嘘をついたのか。

城岡にしても、たった一度だけホテルにいき、しかもその直後にああいう立ち入った問いかけをするとは、貴代子の感覚からするとマナーを心得ない、自惚《うぬぼ》れまじりの野暮ったさだった。

そして、その野暮ったさは、貴代子がふたたび彼と会う機会を持つまでは、しつこく電話をかけてくる行動とも結びつく。

うんざりした気持で、貴代子は机の上のコードレス電話をつかみ取り、城岡の勤務先の番号を押す。

受話器を取った女性の声に彼の名前を告げて呼びだしてもらおうとすると、外出中との返答だった。

「あと一時間ほどでもどりますが」と言う相手の言葉を途中でさえぎって、貴代子は伝言を頼む。

「あさっての午後、こちらから電話をします、そのようにお伝え願えますか。必ずご伝言くださいませ、必ず」

これで、あさってまでわずらわしさからは解放される、ほっとして電話をきる。

次になんということもなく自宅に電話していた。

「はい、辻沢でございます」

愛想のない、いつもながらのトミ子の太く、低い声だった。

「トミさん、私」

トミ子の口調が明るさをおびた。

「奥さま、いま、どちらからですか」

「夏子のお店よ。ね、トミさん、今夜のお献立ては何?」

「そうですねえ、まだ、はっきりと決めてませんけれど……」

そうトミ子は気を持たせるように語尾をあやふやに弱めてから、わざとそっけなく言った。

「奥さまのお好きな白身の魚のよさそうなのが手に入りましたから、お刺身にでもしようかと」

トミ子のやりくちを承知のうえで、貴代子はそれにあわせた返答をする。

「そう、じゃあ、お食事はすませないで帰ります」

勝ち誇ったようなトミ子のふくみ笑いが聞こえてきた。

「まったく、もう、奥さまは……早くお帰り下さいよ。二日つづけての夜遊びは体にも差しさわりますからね」

受話器を置くと同時にドアが開いた。

「ああ、きていたのか」

きょうの前崎はラフな服装だった。チェック柄のシャツにチノパンツ、着古した褐色の革ジャンパーをはおっている。

オフィスから受け取ってきたばかりらしい書類をめくりながら、机の前の応接セットに腰をおろす。

「修平はどうしている？　元気か」

「ええ、トミさんと多重子さんがよくしてくれているわ」

前崎には再婚のいきさつから家庭教師の多重子についてまで、洗いざらい話してあった。ただし辻沢と多重子の関係だけは伏せておき、それは余計な同情や詮索《せんさく》を避けたいからだった。もはや夫ではない前崎と、しめった感情を共有してはならない、貴代子なりのせめてものけじめのつもりである。

書類に目を通しながら、前崎は唐突に言った。

「もう少し修平のそばにいてやってくれよ。夏子の話によると、きみは最近、城岡とひんぱんに会ったりしているらしいな」

いきなり城岡の名前を言われてまごついた。

「会うといっても単におしゃべりしているだけよ」

「まあ、その中身はどうでもいいが、母親の夜遊びを修平がどう感じているか、おれはそっちのほうが気にかかる」

貴代子は自分の不用意さを後悔した。たまに城岡と会っていることは、確かに夏子に言っていた。特別な関係になるなどとは予想もしていなかっただけに、昔からの共通の友だちとして、夏子との会話に彼を登場させていたのだった。

「ひとつだけ言っておく」

前崎は、やはり書類から目をはなさずに、やや口調をあらためた。

「城岡と夏子の仲はまだつづいている。きみが困った役まわりにならないように用心しておくことだ」

初耳だった。城岡と夏子のどちらからも、ひと言も聞かされていない。

「あなたがなぜそこまで知っているの」

「夏子が言った」

「そんなことを夏子はどうしてあなたに……」

前崎はようやく顔をあげ、貴代子へと首をまわす。その表情は淡い淋しさを漂わせ、口もとには苦笑がきざまれていた。むりにつくった笑いのように見えた。

「きみと別れてから、夏子はおれのセックス・フレンドだ。せいぜいひと月かふた月にいっぺんのつきあいだが」

苦笑は閉じられた。真顔《まがお》になった。

「しかしおれは夏子に惚れてはいない。あいつは高級娼婦のようなものだ」

2

皮肉や厭味に聞こえる言い方はしたくなかった。

できるだけさりげなく、けれど、それによって城岡が何かを悟り、あるいは恥じて、自分から遠ざかってくれさえすればいい。

貴代子は喫茶店のガラス壁のむこうに視線をむけたまま、天候の話でもするような、ごく普通の口調で言った。

「あなたと夏子の仲は、まだつづいているそうね」

城岡の返事を待たずに、すばやくつけたした。

「前崎から聞いたわ」

返答はなかった。

視界のはしに、城岡がうつむく姿が確認された。

ホテルでのひとときをすごした日から、かれこれひと月がたっていた。

そのあいだ城岡からは何回となく電話があり、あまりのしつこさに一応は約束を取りかわし、当日もしくは前日に急用が生じて会えなくなったと貴代子は同じパターンのくりかえしで、彼を避けてきた。

あえて同じパターンで拒否することで、こちらの意図をくんでもらおうと考えたのだが、城岡には通じなかった。いや、うっすらと感じながらも、それにもまして彼をせき立てる何かがあったのかもしれない。

五月も下旬に入った札幌の街は、春とも初夏ともつかない乾いた透明な陽ざしをあびていた。

特に午後の一時をまわり、午前中の街並みに漂っていた朝のひ弱な冷たさをぬくめきった今、陽ざしはただひたすら街中を照り輝かすことに専念しているかのようだった。

ガラス壁をへだてて舗道をゆきかう人々の歩調は、おおむねゆったりとしている。

素晴しく爽快《そうかい》な土曜日の昼さがり、人々は日常のわずらわしさを忘れきって、それぞれが、それぞれの楽しみ方で陽光を無邪気に受けとめているように見えた。

「いいお天気ね……」

数分前の生ぐさい内容の言葉を吐いたのと同じその口から、場違いなくらいのどかな口調がこぼれでた。

一瞬、城岡の顔に安堵《あんど》の色がひろがった。何か言いかけた。

が、貴代子はそれをさえぎるようにバッグから薄茶色のサングラスを取りだして、目もとをおおってしまう。

「でも私にはまぶしすぎるわ」

目の表情がかくれてしまうほどの濃さではなかった。

けれどサングラスをかけた貴代子を目の前にして、城岡はテーブルひとつの距離感が、さらにへだたったものに思われたらしい。

彼はふたたび目を伏せ、コーヒーカップを手にする。

貴代子は、やはりおだやかに、舗道を眺めながら言った。

「夏子とあなたとのことは、正直なところ私にはどうでもいいの。ただ、これだけははっきりしていると思うわ、あの日の出来事《アクシデント》はおたがいに魔がさしただけ」

「それは違う」

低いけれど、強い語調だった。

「ぼくはそうじゃない」

貴代子は聞き流した。

腕時計を見ると、多重子の運転する車がそろそろこの店の前にやってくる時刻だった。

城岡と会う時間を短く切りあげるため、わざと多重子と一緒に家をでて、ここで落ちあう手はずにしておいた。多重子はそのあいだに「ハラモト」に寄り、貴代子が買い求めた少なくはない洋服を車に積みこんできてくれることになっている。

「きょうはこれで失礼するわ」

伝票を手に立ちあがりかけた貴代子の手首を、城岡はとっさにつかみ取った。

「話はまだ終っていないじゃないか」

押しころした声と、哀《かな》しさと激しさの入りまじったまなざしから、貴代子は顔をそむけた。本人が意識していないにしろ芝居がかった言動も、荒々しいのも、貴代子からすると「みっともなく、はしたない」。

ここで城岡を立ちあがらせたくはなかった。彼の長身はもうそれだけで目立ち、人目を引く。

椅子に腰をおろし、貴代子は彼の気持を鎮《しず》めようとテーブルに身を乗りだし、一時しのぎのやさしさをこめた。

「無理は言わないで。もうじき迎えの車がくるの。息子の、ほら、いつか話したでしょう、多重子さんという家庭教師、きょうは彼女がついてきているの」

「きみがそうさせたのだろう？」

「疑ぐり深いのね」

そして貴代子は、もう一度、夏子の名前を口にし、まったく心にもないことをささやいていた。

「私は夏子を傷つけたくはないの」

「だから、ぼくの話も聞いてほしいんだ」

ガラス壁のむこうに、多重子の運転する紺色の車が横づけされた。

「ごめんなさい、迎えがきたわ」


車のハンドルを握りながら、多重子は後部席にいる貴代子に遠慮がちに話しかけてきた。

「奥さま、今回もとてもステキな服をたくさんお買いになりましたね。さっき夏子さんのお店で見せていただきました」

「そう、多重子さんはどの服がいちばん気に入ったのかしら」

といっても貴代子は、どんな服を何着選んだのか、まるでおぼえていなかった。「ハラモト」で夏用の服をまとめ買いしたのは城岡との出来事のあった翌日で、そのあと数回いって下着類を購入したのは確かだったが、どれもざっと目を通しただけである。

「私の好きな服ですか……」

多重子は正面をむいたまま、しばらく考えこむ。

「そうですね、あの麻の茶色のスーツなんか、シックでいいと思います」

そう答えられても、記憶になかった。

ただ茶色のスーツなら、いかにも多重子の好みそうな色合いだろうと納得する。

二十六歳の多重子の服装はつねに地味で、五十五歳のトミ子が着るそれと、ほとんど変わりがなかった。

二年前に異母弟の達朗が、いつになく積極的な態度で多重子を貴代子夫妻に引きあわせたときは、もう少し二十代の女性らしい甘やかさを持っていたと記憶する。

それが貴代子の家に住みこむようになってから、まるでトミ子の質素さに感化されたみたいに身なりには無頓着《むとんちゃく》になりだした。もちろん清潔感は十分に保っている。ただ着る物が黒、茶、灰色といった暗い色調ばかりで、デザインもいたってシンプルだった。アクセサリーも、よほどのとき以外は、腕時計しか身につけようとしない。

髪も初対面の日はわりとしゃれたショートカットだったのが、多分、そのまま伸びるにまかせていたのだろう、今では肩をおおうぐらいの長さになっていた。不揃いなその髪を、多重子はたいがいヘアクリップを使い、いかにも無造作にうしろで一本に束ねているだけである。

はたで見ていても、トミ子と多重子の仲は最初から円満だった。相性の良さを思わせる。

だからトミ子が口やかましく多重子の身なりについて注意したとは考えられず、家にきてからしぜんと心境が変化したのかもしれなかった。

貴代子は、しかし、これだけの容姿に恵まれながら、と内心では残念でならない。多重子がもし自分の妹なら、張り切ってアドバイスしたい点がいくつもあった。特に多重子の際立って美しいのは乳白色の肌で、たっぷりと豊かに黒い髪の襟足と首の白さの対比には、惚れぼれと見とれてしまう。

外出時にしてもきめのこまかい白い素顔そのままに、口紅すらつけない。

貴代子は彼女に人工的な美を加えた場合の効果を想像して、このままではもったいないと思うけれど、夫の辻沢は反対に素地そのままの多重子が気に入っているのかもしれなかった。

ふたりの関係に気づいたのは、一年ほど前である。

どういう状況のもとで、どちらが接近したのか、貴代子には見当もつかない。だが、万事に自分のほどをわきまえていて、そこが父のおめがねにかなった辻沢と、何事につけてもひかえめで、現代の二十代にしては珍しいほど抑制したたたずまいの多重子とは、そうなるべくしてなったような同種類が惹《ひ》きあうしぜんさを感じる。

多重子の抑制された言動と慎み深さは、そのおいたちからきているに違いない。

小学校の低学年のとき、交通事故でいっぺんに両親を失った彼女と四つ上の兄は、親戚中をたらいまわしにされて育った。その兄が、アルバイトで学費を稼ぎながら、ようやく大学を卒業し、就職した時点で兄妹だけの生活がはじまった。

多重子が大学に入学できたのは、兄の力による。

その兄が達朗と同じ会社に勤め、達朗と親しかったことから、修平の家庭教師にと紹介された。当時、多重子は大学の進学塾の教師をしていたが、職場の人間関係に厭気がさし、転職を思い悩んでいたところだった。

さらに兄の結婚話がかさなり、ひとり暮らしを考えていたところに達朗から家庭教師のくちが持ちこまれた。

辻沢と貴代子、そして部屋のすみに修平とトミ子もまじえた面接の席で、多重子は落ち着いた口調で、そういった自分の略歴を語った。

「兄と結婚する女性とは前々から親しくしておりまして、その方は結婚後も三人で暮らそうとは言ってくれたのですが、私はもうこれ以上、兄の世話になるのは心苦しいものですから」

横から多重子に付きそってきた達朗が口をはさんだ。

「多重子さんは子供の頃から勉強ができて、それで、どうにかして大学まで進ませたかったと、彼女の兄貴はよくおれに自慢していたんだ」

「兄はそのため苦労したと思います」

「もっと暴露すると、彼女はとても優秀で、大学の教授から大学院に進めと言われたのに、兄貴に遠慮して、それで進学塾に就職したと聞いているよ」

「いえ、それは兄の、いえ身内の買いかぶりでして……」

多重子はそこではじめてうろたえた。顔を赤らめ、いたたまれないという心中が額の汗になってにじみでた。

そんな彼女に貴代子は好印象を持った。

「大学院にしろ進学塾にしろ、学問がお好きなの？」

「とんでもありません」

多重子の汗は顔中に広がった。

「私はただそれしかできない人間なものですから」

その返答に辻沢が好感を持って深々とうなずく。彼にしては、いつになくストレートに感情をあらわしていた。

そんな夫の反応をうかがいながら、貴代子は言った。

「もし多重子さんが、あらためて大学院に進みたいのなら、修平の家庭教師をするかたわら、そうなさったら？　私どもは全面的にバックアップしますわ、ね、あなた」

多重子は意味が理解できないというふうなまなざしで見返した。

達朗が補足した。

「要するに、金銭的に援助するということ」

「そんな……初対面の私に、なぜ……」

多重子は途方にくれた表情で、姉弟に交互に視線を走らせた。

「だから、ここにくる途中で説明しただろう？　貴代子さんは、いささか浮世ばなれした感覚の持ち主で、凡人のおれたちとは違う基準で判断する人なんだよ」

達朗はどことなく誇らしげな調子で説明した。異母弟の彼は、貴代子を姉呼ばわりしたことはない。いつも「さん」付けである。

彼の説明を聞いても、多重子はまるで解《げ》せないらしかった。くりかえし、ひとり言のようにつぶやいた。

「きょうはじめてお会いして……なのに、こんな親切な言葉をいただいて……」

相手のとまどいを無視して、貴代子はつづけた。

「大学院の件はゆっくり考えてもらうことにして……ところでひとり暮らしのめどは立ったのかしら？　ほら、アパートを借りるとか、いろいろとあるのでしょう」

「いえ、まだ具体的には何も」

「じゃあ、この家にお住いになったら？」

言ってから貴代子は辻沢に了解を求めた。

「二階のあいている部屋のひとつを、多重子さんに使っていただいたらどうかしら、あなた」

辻沢は妻の即断に満足した顔つきだった。彼は、おおらかな育ちの妻が、ときおり、損得抜きで人助けめいたことをするのを、反面では気まぐれの一種と見なしながらも、彼自身ではできかねるその大胆さに、小気味よい快感を味わってもいるらしい。「こつこつと働くしか能のないわたしには、きみのような発想はとてもできないね」。妻が夏子の店から季節《シーズン》ごとに、大量の衣類を買うのも、人助けと解釈している様子だった。

また、修平に家庭教師をつけようと言いだしたのは辻沢であり、貴代子はすんなりと承知した。

そのお返しに、今度は妻の発案に賛同するのは「度量の広い夫」らしいふるまいになる……。

辻沢は、現在の自分が在《あ》るのは、貴代子を妻にすることによってもたらされたものだと、卑下でも卑屈でもなく素直に認めているらしかった。

そのため家庭内での発言力は貴代子に重きを置いて当たり前であり、だが貴代子はめったに我《が》を張らないがために、いざそうした場合は妻の思い通りにさせる……彼はこの家での「夫」としての役割を完璧なくらい見事にこなしていた。貴代子の父であり、社長でもある英太郎の鋭い眼光を、たえず背中に感じながら。

家庭教師として住みこむ、貴代子のこの提案は、多重子をいっそう混乱させた。

大学院の話にしろ、住みこみにしろ、子供の時分から他人の中でもまれ、他人の心をうかがいながら生きてきた彼女にしてみれば、貴代子の無防備なほどの判断と受容力は信じられない驚きだった。

「あのう、奥さま……」

多重子はたずねずにはいられなかった。

「どうして赤の他人の私に、これほどまでによくしてくださるのですか」

「どうしてって言われても……」

今度は貴代子が面食らった。

「私がそうしたいからするだけのことよ」

「危険だとは思われないのですか」

「危険？　いいえ、ちっとも」

「でも私のことを何もかもご存じではないわけですよね」

「知らなくても、きっとあなたは信用できる方だと、私、そう思ってますもの、達朗さんの紹介でもありますし」

「初対面なのに……」

「何十回、何百回その方と会っても、その心が不可解な場合もあるでしょう？　そして、その反対もあるわ。つまりは、そういうことなの」

さらにたたみかけようとする多重子を達朗がとめた。

「貴代子さんにそういう質問をしてもらちがあかないよ。堂々めぐりになってしまう。わかった、おれとトミさんでじっくり説明してあげるから。トミさん、いいだろう？」

そのあと貴代子は二階の自分の寝室にあがっていった。辻沢も書斎に引きこもった。

達朗とトミ子が、多重子の疑問にどう答えたのかは知らない。

一週間後、多重子は達朗につれられてやってきた。

お言葉に甘えて住みこみの家庭教師をやらせてもらいます、と礼儀正しい返事だった。ただ、それだけでは時間を持てあますため、週に三回、カルチャー教室の講師になるのを許可してもらいたいという。

貴代子に異存はなかった。給料については、夫の辻沢と話しあうようにとだけ返答した。

辻沢と多重子の関係を知った今も、ふたりに対する信頼感は消えなかった。

貴代子自身、漠然とはしているけれど、ふたりの関係はふたりだけのものであり、対・貴代子とのかかわりにおいては、辻沢も多重子も自分を裏切らないだろうと、なぜか確信していた。

そのためにも、ふたりのことは自分の胸のうちにとどめておきたい。

ふたりを追いつめる状況にしてはならなかった。

宮の森の自宅に着き、貴代子は多重子に手伝ってもらって、洋服の入った箱を二往復して寝室に運びあげた。

トミ子も途中から手をかしてくれ、貴代子のこうした浪費癖を、むしろ、だれかに自慢するように言うのだった。

「こういうお買い物ができるのも、奥さまがお幸せな証拠ですよ。それに私と違って、奥さまは何を着てもお似合いだから、見ているこっちも張りあいがあるし。奥さまはどんどんおしゃれをすべきですよ」

修平の弾くピアノの音が聞こえていた。

トミ子にすすめられるまま、修平には三歳のときからピアノの先生にレッスンにきてもらってはいるけれど、貴代子は自分の昔を振り返ってみても、ピアノのレッスンが子供の情操教育にどれほどの意味があるのか、首をかしげてしまう。

だからトミ子には、修平がいやがるようなら、無理強《じ》いはしないようにと言いふくめている。が、トミ子は、貴代子がそう口にするたびに、ムッとした表情になる。

「子供にはどんな才能があるかわからないものですよ」

「考えてもみてよ、トミさん。私と前崎、どちらにもそういう才能はないわ。きっと修平にもね」

「母親の言葉とは思えませんね」

おそらくトミ子が上手におだてているに違いなく、修平はレッスンをむしろ楽しみにしていた。

才能もなくピアノのレッスンに励むぐらいなら、と貴代子は思う、好きなように遊ばせてやればいい——。

ピアノだけではなく、書道、バレエ、英会話など習いごとずくめだった子供時代を、貴代子はのろわしい思いで記憶していた。そして、そのどれもが自分の身につかず、現在にいたっていることを考えると、ばかばかしさをおぼえる。

しかし、トミ子にとってはピアノは憧れの象徴のひとつなのだろう。ピアノを習いたかった自分、子供がいたなら必ずそうさせたかった夢。ピアノが豊かさのひとつの代名詞であったのかもしれないトミ子のかつての境遇を想像すると、貴代子はそれ以上に強いことは言えなかった。トミ子にしてみれば、修平はじつの孫同然なのだから。

ベッドの上に洋服箱を置き、次々と封を切ってゆく。取りだしたそれを多重子がハンガーにかけ、隣りのクロゼット・ルームから持ってきたキャスター付きのラックにぶらさげる。

何着目かに、ようやく多重子の言っていた麻の茶色のスーツがでてきた。

「多重子さん、これ、私の代わりに試着してみてくれる？」

「はい」

クロゼット・ルームにいったん姿をかくし、ふたたびでてきた多重子に、そのスーツはよく似合った。百六十センチの貴代子の身長と3サイズ《スリー》は、ほぼ同じくらいなため、直しの必要はなさそうである。

「ぴったりね」

貴代子はほほえみ返す。

「あまりにもぴったりだから、そのスーツはあなたにプレゼントするわ」

「奥さま、いけません、それは。これまでにも何着もいただいていますし」

「いいのよ。夏子もしっかりしているの。私用にセレクトしておいたと称しながら、毎回、多重子さんの好みにあいそうな、そして、私にはちょっと着こなしがむずかしそうな服をまぎれこませているの、わざとにね」

「でも、こんな高価なスーツ……」

「いくら高価でも女性の服の流行はあっというまに変わってゆく、いちばん似合う人に何回も着てもらうのが何よりよ」

「そうですか……では、ありがたくいただきます……でも、奥さまは本当にお幸せな方ですよねえ」

貴代子は聞き流す。

幸せ、いつもこう言われるのには馴れていた。

物質的、金銭的に平均より恵まれているのが幸せなら、おそらくそうに違いない。家計のやりくりに頭を悩ませる経験も、いまだにしたことがなかった。

けれど、貴代子には、あれが幸せというもの、と自信を持って、あるいは心を柔らかくふくらませて語れる光景は、三十五年間の人生の中で見出せない。

完璧な満足感を望みすぎているのだろうか、そう反省もするのだが、いくらか楽しかった思い出をよみがえらせても、つねにその光景には、ぽつりとした黒い小さな穴がうがたれている。

前崎との結婚、修平の出産——女性の大半が挙《あ》げるに違いない女性ならではの体験も、貴代子には幸せにはむすびつかなかった。そのいずれにも小さな穴があいていて、自分自身によってやりとげたという充足感をさまたげる。

その穴の正体が、最近になってぼんやり見えてはいた。

だが直視したくなかった。

知ったところで、今さらどうなるというのか。

洋服をすべてラックにかけ終え、たったそれだけで汗ばんでしまった額を、貴代子はティッシュ・ペーパーでぬぐう。

クロゼット・ルームからもどってきた多重子が、貴代子のその姿を見て、いたわるように声をかけてきた。

「冷たいお飲みものでもお持ちしましょうか」

「いいえ、いいのよ。それより、さっきの話だけれど、私が幸せそうに見えるという多重子さん自身はどうなの?」

よどみなく答えが返ってくる。

「私も奥さまほどではありませんが、私なりに幸せです。特にこのおうちに住むようになってからは、これまでの私の人生でもっとも幸せな毎日です」

貴代子は思わず苦笑した。

「なんだかくすぐったい気持ね」

「お世辞ではありません」

多重子は真顔《まがお》になり、むきになった。そういう表情の多重子を目のあたりにするのは、はじめてで、つかのま貴代子はたじろいだ。

「トミさんともいつも言っているのです。この家にずっといられたら、どんなに幸せかと」

「結婚はしたくないの？」

「結婚がそんなにいいものとは、私は思ってません。トミさんの苦労話も聞いていますし」

トミ子の別れた夫は酒乱だったと貴代子も聞かされている。

「修平ちゃんの成長を眺めて、奥さまのお世話をして、私自身もやりたいことをやって、あとはなんの不満もありませんもの」

一瞬、トミ子と錯覚しそうになった。それはトミ子の口癖そのままである。

ただ多重子にはトミ子と違い、辻沢との関係もからんでいるのだろう。

しかし、次の多重子の言葉はどう受けとめたらよいのかわからなかった。

「ご主人もおだやかでやさしい方……何よりも、ご主人が奥さまを心から大切にしているのが、トミさんや私をほっとさせてくれます。そして自分たちも、この家の一員だという、ほのぼのとした愛情が伝わってくるというか、分け与えてもらっている気持になります」

多重子の性格から考えても、嘘をついているようには思われなかった。その目はまっすぐに貴代子を見つめ、明るく、ひたむきな光を宿していた。


数日後、城岡から速達がとどいた。

ありふれた白の封筒に十数枚の便箋、城岡から手紙をもらうのは、年賀状を除くとこれがはじめてである。

弁解させてください、からはじまる内容を読み進むうちに、貴代子は複雑な気持にとらわれてきた。

「あいつは高級娼婦のようなものだ」

そう言いすてた前崎の声が、城岡の文面に薄いベールのようにかさなってくる。

手紙によると、親密な恋人同士であった大学時代は別として、それ以降も、城岡と夏子はつかずはなれずの関係がつづいていたという。

「それは友情と呼ぶには、どこか生ぐさく、腐れ縁と称するには、ビジネス的な冷淡さがありました。正直に告白します。ぼくはベッドを共にするたびに、彼女にいくばくかの報酬を支払いました。彼女が要求したからです。

しかし彼女の名誉のためにどうしても言っておきたいのは、それが目的でそうしているとは思えないことです。あなたもご存じの通り、彼女が金銭的に困っているはずがなく、というのも、ぼくは彼女のパトロンたちの存在を、いつも聞かされてきたからです」

そして城岡は「夏子には失礼だが、自分としては生理的欲求のはけぐちと見なしていた、恋愛の対象とは、もはや考えられなくなっている」と述べ、「前崎も自分と同様に、夏子と肉体のビジネスを取りかわしている、ただ自分とは違って、学生の頃からそのビジネスは成立していた」。

十数枚の便箋を封筒にもどしながら、不思議と夏子への嫌悪感がわいてこない自分の気持が、むしろ貴代子には奇妙だった。

寝室のベッドのそばに置かれた黒い布張りの椅子から立ちあがり、手紙を引き裂いてクズ箱に捨てる。

それからベランダのガラス戸を開けて、五月のぬるい微風に身をゆだねた。

なぜか痛快だった。

一見したところ、夏子は男たちに都合のよい女に思わせながら、それを手玉に取って、男たちへの「悪意」をまきちらしているように思われた。

城岡の手紙にもあったように、夏子は金がほしいわけではないだろう。

性的に不満とも思えない。月に二回、京都からやってくる六十代のパトロンとの性関係は、たとえ、どのようなものであろうとも、夏子には適当な遊び相手になってくれるボーイフレンドが何人もいる。

また彼女は、平然と「男を買う」ことのできる女でもあり、貴代子はその交渉の現場をいくどか見てきてもいた。再婚するまでの二年間、ひんぱんに夜遊びしていた時期、夏子はそんなふうにして貴代子を「教育」しようとした。

そうだった、貴代子はあざやかに思い出す。

夏子は、離婚し、ひまを持てあましている貴代子をどんどん悪い方向へ引きずりこもうとしたものだった。

けれど、ついに「男を買う」までにはいたらず、しかし、それは夏子が冷笑したみたいな「お嬢さま気取りから抜けだせない」からではなかった。そうしたいほどの男性に出会わなかっただけである。

城岡や前崎にむけて放たれている夏子の「悪意」は、もしかすると、間接的に貴代子にそそがれているのかもしれない。

ただ、それは彼女自身では、意識していないもののような気がした。夏子をかばうのではなく、貴代子は自分が良くも悪くも身近な人間の心の闇を刺激する存在のように思われて仕方がなかった。

それは多分、と貴代子は他人事《ひとごと》のように考える、私がいまだに陽炎《かげろう》のようにあやふやなため、だれもが自分の好む色に染めてしまいたくなるのだろう、自分の望むままに……。

3

城岡と会う約束をしたその日は、午後からくもり空になり、夕方には激しい雨になった。外出のためにシャワーを浴び、淡いグリーンのバスローブをまとって寝室にもどった貴代子は、ベランダのガラス戸に打ちつけられる雨の勢いに、つかのま気持がひるみかけた。

こんなどしゃぶりの夜は、外出はひかえ、階下の居間で修平やトミ子、多重子などと、くつろいだひとときをすごすほうが、より充実して、おさまりのよい気分につつまれるかもしれなかった。

貴代子は、そんな自分の心境に、ひそかに驚く。

家庭の団らんという発想は、これまでほとんど持ちえなかったのに、いまの自分が求めているのは、あきらかにそれだった。

二日前の六月最初の日曜日は、修平の通う小学校の運動会があった。修平が思わず小おどりしてしまうほどの晴天にもめぐまれた。

同じ敷地内に住む父は前々から予定に組みこまれていた仕事がらみのゴルフ・コンペにでかけたが、辻沢はあらかじめこの日のためにすべてのスケジュールをあけて楽しみにしていたし、前日の晩には異母弟の達朗までが、確認の電話をかけて寄こした。

達朗の話によると、修平からじかに誘いの電話があったというけれど、もちろん、そのうしろにはトミ子のさしずがあったに違いない。

当日の応援席の顔ぶれを見て、修平はいっそうはしゃいだ。貴代子、トミ子、多重子のほかに、めったにこういう場所にはでてこない父の辻沢や叔父の達朗も同席していたからだった。

昼食はトミ子が腕によりをかけてこしらえた海苔巻きといなりずし、ひとくち大のミニ・ハンバーグ、素朴な田舎風の味つけの煮物、メロンやイチゴといった果物も用意され、ビニール・シートにすわっての食事は、何かほのぼのとしたピクニック気分をもたらした。多重子が持参した小型のクーラー・ボックスには辻沢と達朗のための缶ビール、修平と女性たちには、さまざまな缶ジュースが冷やされてあった。

辻沢は上機嫌で、いつになく饒舌《じょうぜつ》だった。達朗も父に対するのとは異なり、辻沢には打ちとけた話をする。

そして五人の大人たちを、もっとも喜ばせたのは、修平の敏捷《びんしょう》な走りだった。

昨年の運動会で見られた、トミ子の姿を目で探すそぶりはきれいにぬぐい去られ、たった一年のうちに妙に度胸のすわった物怖じのなさで、すぐれた運動神経を発揮させた。徒競走、障害物競走などに出場するたびに、一番もしくは次点の好成績だった。

トミ子は有頂天になって盛大な拍手を送り、顔面をうれしさでとろけさせた。

「やっぱり修平ちゃんは血すじがいいんですよ。本当に万能選手とはこのことですね。ピアノだって、ついこのあいだ上達が早いと先生にほめられたばかりですし」

うわずった口調で手放しに絶讃するトミ子の横で、貴代子と多重子は苦笑をかわしあうしかなかった。

修平に運動神経のよさがあるとしたならば、多分、じつの父の前崎から受けついだものだろう、貴代子は胸のうちでそうつぶやいた。

そのときだった。

トミ子は感心した口ぶりで、しみじみと言ったのである。

「旦那さまと奥さまのよいところばかり修平ちゃんはもらったのでしょうねえ」

缶ビールを口に運びかけていた辻沢と達朗の手が、同時にとまった。

トミ子の言う「旦那さま」が辻沢を示し、そして修平が彼の子でないことは、その場のだれもが知っている。多重子にしても達朗やトミ子から、それとなく教えられているだろう。

貴代子はトミ子の言いまちがえを聞き流した。訂正したなら、かえって、おかしな雰囲気になる。

　が、辻沢は缶ビールを手に、正面をむいたまま、おだやかに、やや笑いをふくませた声で答えた。その笑いは満足そうな、やさしさをおびていた。

「そうだな。修平は私の子供だもの、トミさんの言う通り、あの子は私たちふたりのよいところばかりもらって当然だ」

　深い思いやりを、貴代子は夫のその言葉から感じ取った。

　少なくとも、この人は、修平を自分の子と同様に見なしていてくれる。

　一瞬、硬直しかけた空気は、辻沢の台詞《せりふ》によってやわらいだ。達朗もほっとしたように、ビールを飲みはじめる。

　前崎と離婚したのは、修平が二歳半の頃である。じつの父の記憶は、幼い彼にはないらしかった。

　また多少おぼろげな思い出があったにしても、それらの破片は、残らずトミ子が打ち砕いてしまったに違いない。そして辻沢こそが修平の父だと信じこませるよう、くりかえし洗脳してきたはずだった。

　前崎と離婚した直後から、すでに父の英太郎とトミ子のあいだには、再婚相手として辻沢の名前があがっていたのかもしれない。いまになって、ようやくそう考えられてきた。

　再婚までの二年間、トミ子は修平に問われるたびに「パパは外国に行っている」と言い聞かせつづけた。

最初、貴代子はそのごまかしを嫌った。「どうせ、いつかわかることなのよ。トミさん、本当のことを言うべきじゃないかしら」

トミ子は頑《がん》として引かなかった。

「こんな小さな子に、ありのままを話すのは、かえって残酷ですよ。大丈夫です、時機がきたらきちんと説明するつもりですから」

辻沢が再婚相手に決まった日、トミ子は修平に言った。

「ほらね、トミさんが言っていた通り、ちゃんとパパは帰ってきたでしょ？」

辻沢もそのへんは心得ていた。「長い海外生活から、ようやくもどった父」を幼稚園児であった修平の前で見事に演じきった。

修平を辻沢と貴代子のあいだにうまれた子、と自己暗示にかけ、ついに錯覚と事実の境いがあいまいになるまでにいたってしまっているらしいトミ子の失言はあったにしろ、修平の運動会は、ひさしぶりに貴代子の心に「身うち」のぬくもりをよみがえらせた。

最後に味わったこの感触が、いつのことであったかは、もはや頭のなかから、かき消えている。

けれど、あの青空の下で、だれもが笑顔を絶やさなかったむつまじさは、貴代子が忘れきっていたものを、漠然とながら気づかせた。辻沢と多重子の内密な関係にしても、あざやかな陽ざしのもとに置くと、いっそう取るにたりない秘め事に色褪《あ》せ、貴代子の、黙認の姿勢、をあらためて固めさせたのだった。

運動会から二日目のきょう、貴代子の胸には、あのひとときの余韻がまだ淡く残っていた。

「身うち」に寄りそいかけた自分を、はっきりと意識する。

だがその一方では、それにさからおうとする感情が働く。

数日前、城岡に電話をしたときには、この「身うち」の甘く怠惰《たいだ》な感覚はなかった。

もし、この前後関係が反対になっていたなら、おそらく城岡には連絡しなかっただろう。

今夜、城岡と会う場所は決まっていた。

そこに電話をし、行けなくなったと逃げることもできる。

ベランダのガラス戸に当たる、鋭く、ひっきりなしの雨を見つめながら、貴代子の気持は乱れた。

真相を伏せておくことによって保たれる、いくつもの現実があった。

げんにこの家の中にも、辻沢と修平の間柄、辻沢と多重子の秘密がひっそりと息づき、棲《す》みつき、そして、すべてが円満におさまっている。

貴代子が事を荒《あら》らげなければ、この家は平和で安泰《あんたい》な状態がずっといとなまれてゆくだろう。

家庭はこわしたくなかった。失うものの大きさ、修復不可能なまでに崩壊してしまうものを、貴代子は直感で、けれど言葉で表現しきれない意識の奥底でとらえていた。

その場合は、辻沢のやさしさや思いやりをふみにじり、修平の幼い心を傷つけ、多重子の信頼を裏切るだけではすまないことになるに違いなかった。

貴代子は自分自身がこわれるのを恐れた。

そういう方法ではなく、この家の住人以外の者によって、貴代子は自分とむきあいたかった。

やはり、城岡と会わなくてはならない。

破壊のエネルギーが、ようやく外側へ焦点を当てはじめた。

陽炎《かげろう》のようなあいまいな自分に、どうにかして形を与えたかった。

私はいったいなんなのか。

電話で呼んだタクシーが玄関前に横づけされ、外出しようと廊下を進む貴代子のあとをトミ子が追ってきた。

「どんな用があって、こんな大雨の晩にでかける必要があるのですか」

いつになく貴代子はかっとした。振り返らずに言いすてる。

「トミさんには関係ないことよ」

「私に関係ない？　それはひどい言い方じゃないですか。これまで奥さまの身に起こったことで、私に関係なかったことなど、ひとつもありませんよ。どんなときだって、いつも奥さまと私とで力をあわせてやってきたじゃありませんか」

訴えかける、つらそうなトミ子の声音《こわね》に、貴代子はたちまちに負けてゆく。背後にたたずむトミ子に声のトーンを落として言っていた。

「ごめんなさい、言いすぎたわ。でも今夜は前々からの夏子との約束なの。心配しないで。二、三時間で帰ってくるわ」

トミ子が近づいてきて、貴代子のスーツの背についていた糸くずをつまみ取る。機嫌がなおった口調だった。

「夏子さんとの約束なら、それならそうと、はっきりそう教えて下さればいいのに……新しいお洋服を着たときは、ちゃんと私にも見せて下さいな。ほら、こんな糸くずがついていて。こういうチェックが大切なんですよ」

Kホテルの一階の奥まった所にあるバーに、約束の七時より、やや遅れて入ってゆくと、丈の低いカウンターに城岡の姿が見えた。

V字型の大きなグラスでビールを飲んでいた。

「遅れてしまってごめんなさい。雨のせいか、タクシーがなかなかこなくて」

言いながら隣りの席に腰かける。

城岡は、はにかんだほほえみで迎えた。

「きみから誘いを受けて、正直うれしかった」

カウンターの内側の、別珍《べっちん》のカーテンのかげの厨房《ちゅうぼう》に身をひそめていたバーテンダーが目の前にあらわれた。

「私もビールを」

「生ですか、それとも壜ビールを?」

「壜ビールをください」

「承知いたしました」

小さなバーだった。

カウンター席は十脚にもみたず、背後の壁ぎわにそってカーブを描く、ひとつづきのソファの前には五個のミニ・サイズのテーブルが置かれている。

このホテルのメイン・バーは最上階にあり、一階のここを利用する客は予想外に少ない。ただ、このバーのよさは、カウンターの内側に、用もなくバーテンダーがたたずむということがない。そっけないくらい客をほうっておいてくれる。それでいて追加オーダーの気配を示すと、カーテンのかげから、すみやかにでてくるのだった。

だから他人の耳に入れたくない会話をするには最適な場所で、以前はよく夏子との待ちあわせに使っていた。それから夜の遊びにくりだす。再婚する前の話だった。

罎ビールと小さなグラスが運ばれてきた。

すかさず城岡が罎を持ちあげ、グラスについでくれる。

軽く乾杯の仕草をかわし、しかし、貴代子はひと息で飲みほせる、わずかな量のグラスの中身には唇をしめらせた程度にとどめ、その手をカウンターに置く。

反対に城岡は一気にグラスの残りをからにした。

早くほろ酔い気分になって落ち着こうとする気持が、神経質に閉ざされた横顔と、せわしないまばたきから感じ取れた。

「お手紙、興味深く読んだわ」

横顔を見せたまま、城岡は伏し目がちになった。

「きみに軽蔑されるのは覚悟している」

「軽蔑などしないわ。ただ手紙には書いていなかったけれど、夏子が学生時代から前崎とビジネスライクに肉体関係があったことを、あなたはいつ知ったの？」

「きみが教えてくれたじゃないか」

「いえ、そうではなく、お金を介入させた関係だということ。私もそこまでは聞かされていなかったわ、夏子から」

「彼女と前崎が昔から関係があったと、きみから教えられたあと、夏子に電話をしたんだ。別に責める口調ではなく、ちょっとカマをかけてみた。きみの名前は言わずに」

城岡の世間話めいた問いかけに、夏子もまたあっさりと打ち明けたという。

「いまは違うけれど、学生の頃、あなたは私の恋人だったでしょ。だから無料、タダ。でも前崎さんには貴代子がいたじゃない。それなのに、ひょんなことから私と寝てしまった。で、私、冗談のつもりで、私と遊んだ代償をちょうだいと言ってみたの。本当よ、本当にジョークのつもりで。ところが彼ったら、財布を開けたの。ぜったい貴代子にはバラすな、これは口封じ料だって」

城岡は苦々しさをかみしめた表情で、夏子の言葉をくりかえしてみせた。

罪悪感などかけらもないカラリとした夏子の口調を、貴代子は想像する。

「あなたの手紙からすると、夏子は学生時代に前崎と何回もそういうことがあったようだけれど」

「ああ、そうらしい」

「前崎が望んだわけ？」

「いや」

城岡の顔面がさらに激しくゆがむ。

「夏子の、あれは一種の脅《おど》しだろうな。金が必要になると、前崎を呼びつけて、きみの名前をちらつかせたらしい」

「でも……彼女は私の親友だったわ」

「ぼくにとっては恋人だった」

ふたりは同時に口をつぐむ。

身じろぎもせずにしばらくそうしていた城岡が、V字型のからになったグラスをつかみあげた。

「すいません、生ビールのおかわりを」

はい、という歯切れよい返事から数秒後に、新しい一杯が城岡の目前に置かれた。

新鮮で純白なそのビールの泡をなんということもなく見つめながら、貴代子はたずねた。

「あなたたちは、どうして別れたの」

「特別これといった原因はない」

「前崎との火遊びめいたことはあったにしろ、夏子はあなたに夢中だったわ。少なくとも私が彼女から聞くかぎりでは」

あの頃、夏子は城岡とのあいだのこまごました出来事や会話など、しきりと語りたがったものだった。彼を話題にする、それだけで夏子は幸せそうな表情をした。あれは演技ではなかった、と貴代子はいまだに確信している。

前崎と、ときたま危険な遊びを楽しんでいた傾向は、現在ではさらに増長された複数の男性関係という方向に進んでしまっているけれど、十五年前の夏子は、ひとりの男性と深くかかわり、愛することの素晴しさを語れる女性だった。

自称「不良高校生」であったという彼女は、遊びと本気をけっして混同しない女子学生のひとりでもあった。

「遊びを知っているから、自分がどのくらい相手の男に本気で惚れているか、よくわかるのよ」

こともなげにそう言いきる夏子を前にして、貴代子はいつもあやふやな不安にとらわれた。

前崎の強引さに引きずられて、貴代子は彼とつきあいはじめた。きっぱりとした明確な言動や気っぷのよさ、男らしさなどに魅力は感じても、それが夏子の言う「惚れて」いることなのかどうか、自信は持てなかった。

その点、前崎のほうには迷いはなく、大学四年の段階でプロポーズされた。

「だれに妨害されようとも、おれは貴代子と結婚するからな。ぜったいに苦労はさせない」

それから結婚にこぎつけるまでの数年間は、貴代子にとっては唯一あやふやではない年月だった。

といってみると、いまになってみると、実際はあやふやなままであったのだが、貴代子にそれを自覚させないくらい、前崎はつねに小刻みに愛情あふれる言葉を吹きこみつづけた。彼は強い男だった。貴代子の父の猛反対にもひるまず、対等にかまえた。

またトミ子が前崎を嫌ったのは強すぎる男、だったからに違いない。

前崎が貴代子にそそいだ情熱と、夏子が城岡に傾けたそれは互角《ごかく》といえた。

あの当時、夏子はひたむきだった。

それなのに、どうして別れる結果になったのか、不思議でならない。

貴代子の無言の心中を見すかしたように、城岡はなにげなくつぶやいた。

「彼女は……夏子はあの独得な勘でわかっていたのだと思う。自分とつきあいながら、ぼくがきみを好きだったことを。だから彼女は、ぼくへの当てつけから前崎と関係し、きみへの遠まわしの厭がらせからも、そうした」

「………」

「卒業してからも彼女としばらくつきあっていて、結婚をほのめかされたことがある。しかし、ぼくは、どうしても決心がつかなかった。で、別れて、それから一年ぐらい会わなかった。次に会ってホテルに行ったとき、夏子は黙って手をだした。あなたが払えるだけでい い、気持の問題だと」

「あなたが結婚にふみきれなかったのは、まさか、私のせいだとは言わないでしょうね」

城岡はそのときになってようやく貴代子に顔をむけた。

貴代子はたじろいだ。

まなざしは激しい光を宿し、それは愛情なのか、執念なのか、欲望なのか、憎しみなのか、もはや見分けはつかなかった。

私は何者なのか、自分のこれまでの殻《から》を破ろうとする暗く、冷えびえとした衝動がこみあげてきた。

城岡のたぎり立つ目の光と、その衝動はぴたりと重なりあいはじめていた。

「あれほどぼくを避けていたのに……」

乱れたベッドの毛布で下半身をおおい、裸の胸に灰皿を置いて煙草をくゆらしていた城岡がつぶやくように言った。

貴代子が身仕度をととのえている鏡の中に、その姿が見える。

Kホテルの一室だった。一階のバーで飲んでいる途中、貴代子はトイレに立つふうを装ってフロントへ行き、ダブルベッドの部屋を申しこみ、鍵《キー》をもらってきた。外出時には必ずバッグにしのばせておくサングラスが都合よく役立った。バーにもどり、城岡の背広のポケットに鍵をすべりこませたとき、相手はとっさに驚きの目で見返したが、問いただしはしなかった。

ふたりは無言でバーをあとにし、そして、たったいま城岡が口を開くまで、その状態がつづいていた。

鏡面の中の彼の表情はおだやかだった。バーでの、あの激しいまなざしの名残りはどこにも見当たらず、ようやく思いをとげた満足感と気だるさが目もとに漂っている。

ワンピースの脇ファスナーをあげてから、貴代子はバッグから小さなポーチを取りだし、鏡の前のテーブルにコンパクトや口紅を置く。

今夜のこの状況を予測していたわけではなかったが、ワンピースの色は夜に溶けこみやすい黒で、黒真珠の短めの三連のネックレスは、やはり黒のシフォンの長いスカーフでかくせるようになっていた。顔をすっぽりとおおうように頭をつつんでも、まだ襟もとに巻きつけられる長さである。

きれいにはがれてしまった口紅を塗り直していると、城岡がたずねてきた。

「これからも、こうしてときどき会ってもらえるものと考えてもいいのかな」

「私は離婚するつもりはまったくないの」

つかのま城岡が苦痛に耐える顔つきになって、目を伏せるのが、鏡にうつった。

離婚するつもりはない、こうきっぱりと言いきったのが、おそらく彼のプライドを刺激したのだろう。

だが、貴代子はそれを撤回するつもりはなかった。

城岡の心中をわざと無視して、話題を移す。

「さっきバーで、結婚しなかったのは私のせいだと言ったけれど、あれは嘘でしょう？　あなたがモテないはずはないと思うわ」

最後の台詞はサービス精神と本心が半々になって言わせたものだった。

城岡の傷ついたプライドが、そこで一挙に立ち直ったらしい。鏡の中の貴代子へむかう視線に力がみなぎってきた。

「モテなかったとは言わない。見合い話でもはたから見ると良縁このうえないというのもあった。しかし、これまでの見合いのほとんどは、ぼくのほうから断わってしまった。なかには女医さんもいたけれど」

城岡の自信たっぷりなその口調と、見合いした女性たちを妙に見くだすような表情が、貴代子には意外だった。彼は何を誇っているのだろう。

同時に大学時代の彼の、つねに周囲に神経質なほどのまなざしをそそぎ、それでいてその場の人間関係の優劣に、過剰なほど敏感だった言動が思い出されてきた。特に同性で、自分より頭脳も容姿もあきらかに劣る相手をからかうのを得意とした。

そんな城岡の性癖を、前崎がたしなめたことがたびたびあった。

「城岡、他人というのはお前が思っているほどアホじゃないんだぞ。こいつに言ったような言い方で、おれを笑い者にしてみろ。おれはこいつみたいに黙ってはいない。お前とそっくりなやり方で、おれはお前を笑いのめしてやる」

城岡は青ざめた。前崎にはあらゆる面において、かなわないことを、彼は知り抜いていた。

そういえば、とさらに貴代子の記憶はめざめてきた。もう何年も前だったが、夏子が言っていた。

「学生の頃は気づかなかったけれど、あの城岡って男は、ホントに屈折しているわ。屈折しているのをかくそうとする何重もの屈折を感じる。あれが彼の限界」

その意味することの一端を、いまの見合い話について語る城岡の口ぶりから感じ取れた。

貴代子とベッドをともにするまでの半年間、旧交をあたためる友だちづきあいのなかで、城岡は希望した企業に入社できなかった挫折感をあっさりと口にし、自分は負け犬だと淡々としゃべり、しかし現在勤めている小企業の仕事には、それなりの意欲と生きがいを見いだしている、とそのときは、さわやかな表情で述べたものだった。自分の現状を、あるがままに肯定している者特有の軽快な雰囲気さえ漂わせた。

だが、良縁ともいえる見合いまでも断わったと、得々と口にした城岡の表情と声の調子は、ある種の悟りやあきらめとはほど遠い印象だった。

何重もの屈折、夏子の言葉がなんとなくうなずけてくる。

貴代子はポーチに化粧品をもどしながら、ふたたび質問をくりかえす。

「正直に答えて。三十六歳のきょうまで独身だったのは、別に私が原因ではなかったのでしょう？」

「イエスともノーとも言えないな、それは。確かに十五年間きみだけを思いつめていたわけじゃない。でも、ぼくの心のどこかには、きみが焼きついていた。だから、つきあう女性、見合いした女性を、つい、きみと比較していなかったというのは嘘になる」

「私のことを相当に過大評価していたのね」

「そうかなあ。ぼくにとっては、きみは、いまだに理想の女性だと思っている」

「どこが理想なの」

「すべてだ」

「抽象的すぎるわ」

「じゃあ、こう言えばわかるかな。ぼくが女としてうまれたなら、きみのようになりたい」

貴代子は鏡から顔をそらせ、城岡に気づかれぬように薄く笑う。

こんなあやふやな女のどこがいいのだろう。

「やはり、あなたは私を買いかぶりすぎているわ」

それから貴代子は城岡がベッドから起きだすのを待たずにドアへむかった。

それは彼の計算外だったらしい。

背後であわてた声がしたけれど、振りむきもせずドアに直進する。二度とふたりきりで会いたくなかった。

ドアのそとに立つなり、貴代子はサングラスをかけた。

数日後、夫の辻沢から思いがけないプレゼントを与えられた。

午後の早い時間に、電話配線工事の係員があらわれ、ご主人の依頼でと称して、貴代子の寝室にコードレスの電話を設置したのである。

これで、この家の電話は、番号の異なる三台になった。

親子電話になっているキッチンと居間にある一台、辻沢の書斎、そして貴代子専用。

前々から望んではいた。

けれど、そのたびにトミ子が感情的な反対をし、うやむやに流れてしまったのだ。

トミ子の言いぐさは、そのつど変化するけれど、言わんとする内容は、おおむね次のようなことである。

「水くさいというか、秘密っぽくて、いやらしい。仕事を持つ一家の主人が専用ダイヤルを持つのは納得がゆく。しかし家にいる奥さまが、なぜ自分のそれを持たなくてはならないのか。家族に聞かれたくないような話がある、それ自体が問題ではないか」

辻沢はあらかじめトミ子には知らせないでいたらしく、作業の係員が帰ってしばらくしても、トミ子の機嫌は直らなかった。

ただ多重子も事前に聞かされていなかったと彼女自身の口から判明した夕食の席で、ようやくトミ子の仏頂面《ぶっちょうづら》はやわらいだ。

いつものごとく辻沢は夕食時にはまだ帰宅しておらず、女ふたりは貴代子が同席しているのを忘れたかのように、辻沢の強引なやり方を非難しつづけた。

こういう場合、彼女たちは、けっして怒りのほこ先を貴代子にむけなかった。「奥さまが何もわからないのをいいことに」とか「私たちにまず相談してから、奥さまの気持の負担にならないかたちで」という表現で、つねに第三者を悪者に仕立ててあげてしまう。貴代子もまた沈黙を守る。

しかし、今回の辻沢の、はじめてといってもいい強引さは、ありがたかった。

形式上の夫婦とはいえ、修平への配慮にしろ、貴代子の側に立っての、憎まれ役を覚悟の思いやりにしろ、彼なりに「夫」を上手に演じてくれるその心根には、友情めいた感謝の気持をいだく。

その夜遅く、貴代子は夏子の住むマンションに電話をかけてみた。

もちろんコードレスを使い、寝室からである。

「あら、こんな時間にかけてくるなんて珍しいわね」

そこで事情を説明し、トミ子たちの反応も伝えると、夏子はくすくすと笑った。

「トミさんにすれば、大切な、大事な、掌中《しょうちゅう》の珠《たま》のような奥さまの、一大反逆ってことね」

とりとめのないおしゃべりをかわし、貴代子はさりげない話の展開から、城岡についてふれてみた。

「いつだったか、あなたが言っていたでしょう、彼にとって私はお姫さまのようなものだったと。それはどういう意味なの？」

「そのままの意味よ」

「だから、どうしてお姫さまだと彼は思うの？　私のどこが」

「すべてよ。あなたの顔立ち、体型、そして育まれた家庭環境というか、お金持ちのお嬢さん——ああ、そうね、いま気づいたけれど、彼が好むタイプは、わりと共通しているわ。お金持ちの、お嬢さま育ち、ここがポイントだわ」

4

六月の上旬に城岡と会ってから、貴代子はめったに外出しなくなった。

「身うち」以外の者とは、顔をあわせるのも、口をきくのも、おっくうな気分におちいっていた。

こういう気分は、年に一、二回、理由もなく訪れてくる。

トミ子と多重子にも言いふくめておいた。

だれからの電話も取りつがないこと。

長期の海外旅行にでかけていると述べ、相手の用件だけ聞いておくこと。

帰国の予定はわからないとだけ答えればいい。

トミ子と多重子は、それに対して、べつだん問い返しもしなければ、いぶかりもしなかった。貴代子の、そうしたときたまの「気難しい、人嫌い」の癖《へき》を十分に承知していた。むしろ彼女たちには、貴代子が他人を寄せつけず、自分たちだけを相手にひっそりと家にこもりつづけるのを喜んでいるふしがみられた。

トミ子は、得意な料理の腕をこのときとばかりに張り切り、貴代子の好む淡白で、それでいて下ごしらえに手のかかるメニューを毎日のように夕食のテーブルに並べる。

そして食卓についた貴代子、多重子、修平のだれにともなく、トミ子がこの家に住みこんだ当時のことを好んで語り聞かせた。

「あの頃、中学生だった奥さまは、なぜかお豆腐が嫌いで。それで私が豆腐ハンバーグをこしらえてみたら、たいそう気に入ってくれて、それ以来お豆腐が食べられるようになったんですからねえ。いえ、私の思いつきじゃなくて、新聞に載っていた料理。作り方はふつうのハンバーグと同じで、お肉をお豆腐に代えただけのこと」

また別の晩は貴代子の記憶から抜け落ちている話を夕食の席で得意気に、また、しんみりとした口調をはさんで回想にひたったりもした。

「昔から年に何回かは、奥さまはふさぎの虫になったものですよ。中学、高校を通してね。そうなると亡くなられた先の奥さまとは口をきこうともしない。ただ私の部屋にやってきては、私のそばで勉強したり、私の編み物の手をじっと眺めていたり……私は無学だから、そういう奥さまにどうしてあげたらいいのか困ってしまって。でも今考えると、そばにいてあげるだけでよかったのだと、しみじみ思いますよ」

多重子のこまやかな心づかいも、もはや献身的と呼べるくらいだった。

貴代子の寝室に飾る花を、電話いっぽんで宅配してくれる業者には頼まず、三日に一回はみずから出向いていって、女主人の気持を少しでも引き立てるような色や種類を選び抜いてくる。

また、さりげない口調で貴代子をクロゼット・ルームに誘い、何本ものラックにさげられた、おびただしい衣類の整理の指示をあおぐふりを装いながら、たあいないおしゃべりで親愛感を示そうとする。

手先の器用な多重子は、スカート丈の直しや、簡単なほころびのつくろいなど、貴代子が見ている前で、またたくまにやってしまう。ぼんやりとクロゼット・ルームのスツールに腰かけている貴代子と、手を動かしながらの多重子のやりとりは、確かに何ということもなく貴代子の心をくつろがせた。

さらに週に三回受け持っているカルチャー教室のためにでかけた日には、必ず貴代子の気晴しになりそうなグラビア雑誌や軽い読み物の本を買い求めてもきた。

夕食後、修平にせがまれるまま四人でトランプに興じるひとときも、和気あいあいの濃厚な「身うち」の空気が漂い、気力にとぼしくなっている貴代子を、なぜとはなしに勇気づけた。ただしトランプ・ゲームは、きっちり一時間で打ち切られる。それもトミ子が決めた修平のしつけのひとつだった。その一時間の限定は、貴代子にもちょうどよい枠《わく》で、それ以上つづけたなら「身うち」に息苦しさをおぼえ、それ以下で終えたなら「身うち」感覚を味わいそこねる結果になっただろう。

たまに辻沢が早く帰宅し、四人がトランプをしているかたわらで、新聞をひろげたり、修平の手持ちのカードをのぞきこんだりすることもあった。するとその場の雰囲気はいっそうなごやかさをまし、だれの表情もやわらかくほぐれてゆく。

貴代子自身もそうだった。そして、そのことに貴代子は内心驚いていた。ベッドをともにしない、ただ淡い友情らしき感情と世間体だけで結びついている夫婦なのに、いつのまにか辻沢はこの家に欠かせない男の役割をはたすようになってしまったらしい。

けれど、それはまわりにトミ子や多重子がいるためであり、貴代子とふたりきりになった場合は、たがいにアクセサリー的な存在になる夫婦であることもまちがいはなかった。

貴代子が居留守を使っているあいだに、トミ子と多重子が受けた電話のほとんどが城岡と夏子からだった。どちらも「これといった用件はないのですけれど」。

こちらから連絡はしなかった。

辻沢からプレゼントされた貴代子専用の電話番号はふたりには黙っていた。電話帳にものせていないし、知っているのは辻沢だけである。

感情はもつれていた。

自分は何者なのか、という暗くて冷えびえとした衝動が城岡との二回目のベッドに誘い、夏子にもむけられていたはずなのに、その衝動が弱まるにつれて、貴代子は本来のどこか投げやりな無気力感につつまれてきた。

もはや仕方がないではないか。

三十五歳にもなって、何をどのように見きわめれば気がすむのか。

さらに見きわめたとして、それをどう処理し、解決すればいいのか。

衝動が弱まるきっかけになった直接の原因は、城岡の意外な屈折を目のあたりにして、興ざめしたことだった。想像していたのよりはるかに、城岡はつまらない、おかしなプライドを固守している男らしい。

貴代子への好意を率直にあらわしながらも、彼が心底からこちらを理解しているとも思われなかった。買いかぶっているにすぎない。同時にそれは城岡自身が、自分を他人から買いかぶってもらいたい願望のようにも解釈できた。少なくとも彼は、自分自身を買いかぶっている。

城岡との件とは別に、貴代子の衝動を薄めたのは、修平の運動会の、あの「身うち」の光景だった。

辻沢がいて、異母弟の達朗もいて、トミ子、多重子が揃い、その輪のなかにあって、貴代子は「身うち」の善意を身をもって感じた。一方的な押しつけであろうとも、また、かれらが善意のうらにかくされた、おのれのエゴイズムに気づいていなくても、やはり、それはけっして悪意ではなかった。

悪意と称するのなら、自分のこれまでの殻《から》を破り、そうすることがまわりを狼狽《ろうばい》させ傷つけるのを確実に予測しながら、あえて実行しようとした貴代子のがわにこそ、それはある。調和だった。

大人の分別というものを考えたとき、完璧なまでに調和のとれている自分を取りまく世界を、容赦《ようしゃ》なく壊し、ふみにじるのは許されない行為ではないか。

もっとも怖れたのは修平に与える影響だった。いたいけな子供を不必要に哀しませたくはない。母親らしいことは何ひとつしていないけれど、修平を守らなくてはならないのだと貴代子は真剣に自分に言いふくめる。

漠然とながらわかっていた。

自分の殻を打ち砕いたなら、トミ子を失い、多重子も立ち去り、修平の幼い心をズタズタに傷つける結末になってしまうに違いない。

もし、それをやるなら、もっと早い時期でなくてはならなかった。

修平がうまれる前に、そうすべきだった。

けれど、気がつくのが遅すぎた。

だれも責められない。

貴代子は自分の内側にうごめく悪意を、無気力という心のメカニズムで、そっと眠らすしかそのすべを知らなかった。


多重子が買ってきた著名なカメラマンの写真集を、寝室のベランダぎわに置かれた肘掛《ひじか》け椅子に腰かけて眺めていると、ドアがノックされた。

カレンダーは七月に変わっていた。

すでに四週間、家に閉じこもっている日々だった。

ベランダのレースのカーテン越しに、七月のたぎり立つ青空が見える。気温もかなり高くなっているのだろう。だが、弱く冷房《クーラー》を入れた寝室では、外の暑さは見当もつかない。

冷房のきいたなかにいて、貴代子は白いローンの長袖のブラウスと、それにセットになったフレア・スカートの服装だった。ブラウスは半透明、スカートには裏地がついている。夏子の店で大量に買った夏物の洋服に、これがまぎれこんでいて、多重子が普段着にとすすめたのである。これを買った記憶は貴代子にはなかった。あるいは夏子が貴代子に無断でしのびこませた一着かもしれなかったけれど、いつもながら、夏子に問いあわせるのはひかえた。

ノックの音に貴代子はなかばうわの空で答える。

「どうぞ」

「失礼いたします」

入ってきたのは多重子だった。両手でかかえるほどの大きな花束のかげに顔が半分かくれている。

「奥さま。注文しておいたこのバラがようやく手に入りましたわ」

紫がかったピンクのつぼみが三十本ほど、愛らしい口を半開きにしたような状態で、細く、まっすぐな茎《くき》に支えられていた。

「きれいね」

無感動に、おざなりにそう言い返す。別に注文するように指示してあったわけではない。

「さっそく取りかえましょうね」

多重子は花束をカバーのかかったベッドの上に置き、鏡台のすみの、まだしおれていない赤いバラとかすみ草を投げ入れた白い壺を持ってでていった。

ほどなくもどってきたその腕には水をたたえた乳白色のガラスの壺が重たげに抱かれていた。貴代子には見おぼえのない壺だった。その疑問をいち早く察したらしく、多重子が言う。

「旦那さまの書斎からお借りしてきました」

「そう。でも勝手にそんなことをして、主人は気を悪くしないかしら」

「旦那さまは奥さまが喜ばれることなら、すべてオーケーしてくださいますわ」

さっそく多重子は花束の包みをとき、ガラスの壺に移し替えはじめた。

貴代子は視線を写真集へもどす。

しばらくして、多重子がなにげない口調でたずねてきた。

「修平ちゃんからの頼みごと、お聞きになりました？」

「頼みごと……いえ、何も」

「まあ、私とトミさんがあれほど力づけてあげたのに」

多重子はバラの茎を軽くつかみ、あちこち位置を動かしながら、しのび笑いをもらした。

思い出し笑いのようだった。

「修平が私に頼みごととは珍しいわね。多重子さん、その内容は何なの」

「私が言ってもいいのかどうか。修平ちゃんに怒られそうで」

「かまわないでしょう。いずれ、あの子の口からわかることでもあるし」

「そうですよね。じつは、修平ちゃんは〝ぼくのうちの赤ちゃん〟がほしいのだそうです」

「赤ちゃん？」

「はい。修平ちゃんの弟か妹が」

「そんな……」

貴代子の顔が一瞬ゆがんだ。

できるはずがなかった。辻沢とは、かれこれ二年半、体の接触がない。そして、貴代子のかわりを多重子がひそかにはたしている。

その多重子からこういう話を聞こうとは、いや、彼女の心中のほうが今は不可解だった。

いたって明るい調子の口ぶりには、こちらがとまどってしまう。が、多重子は貴代子の困惑をよそに、ほがらかにつづけた。

「修平ちゃんのお願いを聞いて、トミさんと私もなるほどと思いました。修平ちゃんも、もう二年生、この家にもうひとりぐらいお小さい方がいてもいいですものね。いえ、いたほうがもっと楽しくなりますわ。ですから奥さまさえ決心してくだされば、トミさんも私も赤ちゃん大歓迎です」

貴代子はベランダへ顔をそむけた。

多重子は何かふくむところがあって言っているのだろうか。

これがトミ子の言葉なら抵抗はない。

しかし、相手は多重子だった。

深夜、辻沢の寝室兼書斎に通い、貴代子が拒否する夜の妻のつとめを引き受けている多重子。

　貴代子はベランダの外を見つめたまま、おだやかにきいた。

「多重子さんは本気で私が赤ちゃんをうんだらと思っているの？」

「はい。トミさんと私の勝手な期待ですけれど」

　その声ににごりはなかった。

　思いきって貴代子は言ってみた。

「でも、あなたは知っているでしょう。辻沢と私のあいだに子供ができる可能性はないことを」

　返答にしばらく間《ま》があった。

　次に伝わってきた声は、遠慮がちで、申し訳なさそうなひびきをおびていた。

「こんなこと、私が申しあげるのは生意気ですけれど、あのう、子供をうむためにだけ、つまり、旦那さまに協力していただくというか……きっと旦那さまはイヤとはおっしゃらないと思います」

　嫉妬が加わったり、何かたくらんでいては言えない言葉のように思われた。貴代子はさらに混乱した。

　あなたはどういう気持から辻沢の夜の相手をしているの、そうぶつけてみたかった。

　しかし、それを口にしたとき、多重子の立場はなくなってしまうだろう。窮地《きゅうち》に追いこんでしまうに違いない。

「わかりました」

多重子に背をむけたまま返答する。

「修平のお願いもトミさんとあなたの考えもよくわかりました」

それから、わざと笑いを漂わせてつけたした。

「ただね、うむのはこの私。すぐにお答えはできないわ」

「ええ、もちろんです。それでは」

ドアに進んでゆくかすかな足音が聞こえてきた。

貴代子はほっとする。深刻な会話にならずによかったと胸を撫《な》でおろす。

そのとき、ふたたび多重子が言った。

「奥さま、前にも申しましたように、私はこの家にずっといたいのです。そのためにも、奥さまと旦那さまが仲よくしてくださるのが、いちばんの願いです」

「ありがとう」

「奥さま、誤解なさらないでください。私がこの家でしているすべてのことは、トミさんと相談のうえ、おふたりが円満にゆくことだけが目的なのです。奥さまの気にさわる点があるのでしたら、すぐにあらためます」

一瞬のうちに多重子が言外に語ろうとしている意味を察知した。

辻沢との夜について弁明している。しかもトミ子も合意のうえの行動だと、多重子は暗《あん》にうったえている。

内臓に深い打撃を受けた心地だった。

「多重子さん」

かすれ声になっていた。

「あなたのしていることで、私の気にさわる点なんて、何もないわ。むしろ感謝しています。今まで通りにお願いね」

くぐもっていた多重子の声が、にわかに明るくはずんだものになった。

「はい、わかりました」

ドアが閉じられ、ひとりになったとたん、貴代子は自分の裡《うち》の悪意が、またもや、うごめきだしたのを、ある種の痛みとともにはっきりと自覚した。

「身うち」だけの空間から逃がれ、ひさしぶりに外気に肌をさらしたい思いが、突拍子もなくわきあがってきた。


翌日の夕方、貴代子はタクシーを呼び、丸ひと月ぶりに外出した。

外出の仕度を手伝いながら、トミ子の心境は相矛盾しているようだった。

「奥さまが元気になられて私も胸のつかえが取れましたよ……でも、家にこもりっきりの奥さまとも、しんみり語りあえるよさもあって、いちがいには、どっちがいいのか私にはわかりませんけれどもね。とにかく奥さまの健康だけが気がかり」

行き先は前崎の会社である。昨夜、寝室の電話で都合をたずねると、夕方から予定はないとのことだった。

他の者に対してはどうなのか知らないけれど、前崎はよほどの事情がないかぎり貴代子と会う時間をさいてくれる。訪問の理由も問わない。

それは、かつて妻であった貴代子へのいたわりなのか、修平の近況をそれとなく聞ける期待からなのか、もしくは別れた妻子の現在を少しでも把握しておきたい気持なのかはわからなかった。

いずれにせよ、離婚してからのこの五年間、前崎がつねに自分を受け入れてくれるのはありがたかった。

帰宅ラッシュよりやや早めのその時間帯は道路の渋滞もなく、タクシーは三十分ほどで前崎の会社のあるビルに到着した。

七階のデザイン事務所に彼の姿はなく、それより一階上のマーケティング・リサーチ会社にいってみると、出入口のそばのデスクで事務をとっていた若い女性がすばやく立ちあがった。まぶしそうに目をしばたたかせながら、ほほえみかけてくる。

「いらっしゃいませ。そのせつはありがとうございました」

四月にここにきたさいにパステル・トーンのストールを思いつきでプレゼントした相手だった。

「オーナーは個室のほうでお待ちになっています」

「そう」

「きょうもステキなお洋服ですのね」

白いサテンの小さな襟のついた紺色のサマー・ウールの上着に、同色のシフォンの布を三枚重ねて作られたスカートだった。

貴代子は、あまり麻の素材を好まない。ほどよくシワの生じる麻は、そのシワが粋《いき》なのだともいわれるけれど、見方によってはだらしのない印象を与える。リゾート・ウェア以外に麻を着ることはほとんどなかった。

フロアの奥にある個室に進み、ドアをノックする。

「はい、どうぞ」

前崎の、ふだんにもまして快活な声が返ってきた。

ドアを開けると、デスクの前の茶色い革の椅子に腰かけ、彼は電話中だった。歯切れのよい快活なしゃべり方は、会社経営者のそれであり、プライベートな場合はもっと全体のトーンが引き下げられる。

「専務、それは先ほども申しましたように、私どももリスクは覚悟しております……ええ、極論はそういうことになりますが、もちろん最悪の事態はできるだけ避けたい……はい、当然です。お気持はお察しいたします……」

電話のやりとりを聞きながら、貴代子は応接セットのソファにすわる。あいだをへだてて前崎とむきあう恰好になる。

きょうの彼は明るい茶のスーツ姿で、黒と茶の入りまじったネクタイをしめていた。

先刻の女性がよく冷えた麦茶を運んできて、貴代子の手前のテーブルに置いてでてゆく。その一連の動きには無駄がなく、物音も立てなかった。そうした動作も、ひかえめな物腰も、また年齢的にも彼女は多重子の雰囲気によく似ていた。

電話を終えた前崎が、手帳に書きこみをしながらきいてきた。

「修平は元気か」

「ええ。よく食べますし、よく遊ぶし、真黒になって暴れまわっているわ」

「それなら安心だ。トミさんや女性の家庭教師ばかりを相手にして育つと、どうしてもおとなしい、ひ弱な子になりがちな危険があるからな」

「多分、そうなるよりも前に、あなたのわんぱくで負けん気な血すじのほうが勝っているのでしょう」

「そうか、おれの血を引いているか」

前崎はひろげていた手帳を背広の内ポケットにおさめながら、満足そうに口もとをゆるめた。その表情も、修平が得意げな顔つきをするときとそっくりだった。

「あの子は私に似なくてよかった……」

　本心から貴代子はそう思っていた。

「おいおい、自分をそんなふうに卑下するなよ。もしあの子が女の子だったなら、きみのような女性になってほしいとおれは望んだはずだ」

「嘘よ、それは」

　自分でも予想外の鋭く早い切り返しだった。

「私みたいな女が、どれだけ手のかかる傍《はた》迷惑な存在か、あなたがいちばんご存じでしょう」

　前崎の顔面に憐みと苦痛がないまぜになった淡い影が走り抜けてゆく。

「どうしたんだ、何かあったのか。そういう言い方をするきみを見るのははじめてだ」

　それから彼はデスクからはなれ、貴代子のいる応接セットへやってきた。テーブルをはさみ、むかい側の椅子に体を沈める。いくぶんか目を細めて、さあ、話してごらん、とまなざしでうながしながら、その口はまったく別のことを言っていた。

「白い襟に紺のツーピースか。昔からきみはこういう清楚な配色がもっともしっくりしたイメージだった。その服も夏子の店で買ったのか」

「ええ。夏子は私のサイズも好みのデザインもすべてのみこんでいるから、よさそうな品が入るたびに選んでおいてくれるの」

「その夏子だが、京都にいるパトロンが倒れたらしいな。あの店を持たせてくれたとかいう」

初耳だった。

「いつのこと？　それは」

「二週間前くらいじゃなかったかなあ」

おそらく居留守を使い、外部との接触を避けているあいだに夏子からかかってきた電話のなかのひとつには、そのこともふくまれていたに違いなかった。

前崎の話によると、相手はクモ膜下出血で倒れ、一命は取りとめたものの半身不随になり、六十代半ばの年齢では再起不能と診断されているという。

パトロンの長年来の秘書から連絡を受けた夏子が、まっ先にしたことは、懇意にしている弁護士に相談を持ちかけ、ブティック「ハラモト」の権利を確保するための、先方との話しあいだった。

「まったく夏子らしい抜け目のなさだ。しかし、前のパトロンは癌で失くし、今回も半身不随とは、よくよく男を食いつくすタイプの女なんだな、夏子は。しかもおれにも言ってきたよ。店の権利が手に入る確率は高い、そのときは共同経営者にならないかと」

「それであなたは？」

「アパレルについてはまったくの門外漢だし、特に婦人服に関しては無知も同然だ。しかし、夏子からきみのところには連絡がなかったのか」

「ひと月ほど海外にいっていて、帰ってきたばかりなの」

「そうか」

海外旅行と聞いても、どこへ、何をしに、とこまかく詮索《せんさく》しないのが前崎だった。あるいは貴代子の癖《へき》を熟知していて、しいてたずねないのかもしれない。

「おれが色よい返事をしなかったから、夏子はきみに話を持ちかける可能性がある」

「私には商才はないわ」

「だが金はある」

「そんな……」

「商売なんて、そういう即物的な一面が欠かせないんだ。夏子は言っていたよ。城岡にも今回の出来事《アクシデント》をすぐに知らせたらしいが、残念なことにやつには金がない。ただ共同経営者うんぬんには、城岡自身はまんざらでもない反応だったとか。城岡も奇妙な男だよ」

奇妙な男、の表現には、かすかに侮蔑《ぶべつ》のニュアンスが感じられた。

「あなたから見ると、城岡さんというのは一体どういう男性なのかしら」

「以前きみに忠告したが、やつとはまだ会ったりしているのか」

「いいえ。あまりにも屈折しているというか、その屈折の仕方が私には重苦しいの」

「多分あいつ自身、気づいていないのだろうと思うが、おれからすると、かなり見えている。城岡は自分の頭脳にも容姿にも並々ならない自信を持っている。ところが世間はあいつの優秀さを評価しなかった。彼なりに挫折感は味わっただろう。ただ、あいつの頭のよさと外見は、世間全体ではなく、女たちを引き寄せられることに、やつ自身、気がついたのだろうな。そこで城岡は女を取っかかりにして、そこそこの金と地位を手に入れる方法を、ごくしぜんに身につけていった」

しかし城岡の現在の勤め先は、小企業の部類に属する。女を利用してえた職場にしては、みすぼらしかった。

貴代子がそこを指摘すると、前崎はこともなげに言い放った。

「今のやつは最大の屈辱感に耐えているといったところだろうな。きっと、どうにかしてその状況からはいあがろうとやっきになっていると思う」

「どういうこと？」

「知らないのなら、そのほうがいい。きみがあいつと会っていないのなら、おれは安心していられる。つまりだ、城岡は現状から急浮上させてくれる女を探している。金があるか、あるいはその女と親密になることによって、条件のよい転職ができるか。だから、あいつは夏子ともつづいている、いつ夏子を通してうまい話がころがりこむかわからないからな。夏子の男の人脈は多彩だ」

前崎の口調は辛辣《しんらつ》だった。彼がこれほどまでに他人を悪《あ》しざまに言うのも、貴代子ははじめて聞いた。同時に、城岡と二回ホテルにいったことが、とんでもない過ちを犯したのではないか、とあらためて激しい後悔にとらわれてきた。

前崎の話をまるごと信じるなら、城岡はホテルの密会を巧みに利用してこないとは断言できない。その一方では、まさかそこまでは、と城岡を必要以上におとしめたくない心も働く。

「さてと」

前崎は立ちあがった。

「きょうは食事をする時間ぐらいはあるといっていたが、家のほうに支障はないのか」

「そのつもりできたの」

「きみは大丈夫でも、問題はトミさんだ。彼女のことだから、きみが今夜だれと会っているのか、お見通しじゃないのかな」

「あなたは私の夫ではなくなっても、修平の父親よ」

愉快そうに前崎は笑った。

「きみもようやくそういう言い方ができるようになったんだ。いや、それでいい。これまでのきみは受け身すぎたから」

エレベーターで一階に降り、ビルの玄関をでるなり、前崎は「ハラモト」に寄っていこうと言いだした。

「夏子へのあらためてのデモンストレーションだ。離婚はしてもきみのバックにはおれがついているという。さっきも言ったように、夏子がきみに共同経営の件を持ちこんでゆくかもしれない。しかしおれがついているとなると、そう簡単にきみを思い通りに動かせないと用心するだろう。おれには命令する権利はないが、貴代子、軽率な判断はくれぐれも気をつけてくれよ」

「わかったわ。何かあった場合は、あなたに相談するわ」

夕方の六時をすぎても、七月の街はまだ日暮れどきの気配すら漂っていなかった。

ススキノの方角に歩きはじめてほどなく「ハラモト」のあるテナントビルが見えてくる。

冷房のきいた前崎のオフィスのなかの温度と外の気温はほとんど差がなく、それが唯一、夜の訪れを感じさせた。札幌の夏は、日中はうだるような暑さでも、夜気は涼しさをともなっている。

「ハラモト」の透明なガラス扉を押して、先に前崎が入ってゆく。貴代子もつづく。

「あらあ、いらっしゃい」

夏子の甘ったるい声が迎えた。

「まあ、お揃いで。珍しいこと」

奥のサロン・スペースに城岡の姿が見えた。

二本目のワインの封が切られた。フランス産のそう安くはないワインだった。

夏子は、はしゃいだ口調でしきりとすすめた。

「遠慮なくどんどんやって。今夜は私の前祝いよ。ここのお勘定も、もちろん私が持つわ、本当よ」

Rホテル二階にあるレストランだった。テーブルを囲んでいるのは、貴代子、前崎、そして城岡で、ブティック「ハラモト」から四人揃って、ここにくりだしてきた。というより、夏子の強引さに負けたかたちだった。

前祝い、と夏子が称するのは「ハラモト」の経営権がほぼ獲得できそうな朗報が、弁護士から昨日伝えられたからである。

四人のなかで、城岡がもっとも居心地の悪そうな様子で、貴代子と視線をあわすまいとしているのが露骨に感じられた。

貴代子と前崎が「ハラモト」にあらわれたとき、サロン・スペースにいた彼は、愕然とした表情になった。貴代子と関係を持ち、夏子とは腐れ縁にすぎないと言いすてておきながら、それとはまったく裏はらな行動をとっていると思われはしまいか、そう城岡はおびえているのだろう。

しかし貴代子はなんの感情もいだかなかった。もはや城岡には関心はない。

今はただ夏子の有頂天さに素直につきあい、料理とワインをゆったりと楽しんでいるだけだった。

前崎も貴代子と同様に、こういう状況になったからには、場の雰囲気にさからわずに夏子のペースにあわせてやろうとしているらしい。夏子の喜びに水をさすような言葉はいっさいひかえていた。

「あの店が私のものになったら」

夏子はワインの酔いでうるんだ目で宙を見あげた。

「もっと仕事の幅を広げようと思うの。具体的な話も持ちこまれているのよ。やや高級なヘア・サロンをやってみないかという……」

前崎が笑いながら、からかいまじりにたずねた。

「その話もまた男がらみか？」

「まあね。でも相手の男性とはまったく色恋抜きよ。〝ハラモト〟での私の商売のやり方を評価したうえで言ってくれているの」

「確かに夏子はこの三年間よく頑張った。おれもそれは認めるよ。札幌のその業界では夏子の名を知らないやつはもぐりと言われる」

とっさに貴代子は言っていた。心底から感心した。

「すごいのね、夏子は。私はあなたがそこまでヤリ手だとは知らなかったわ」

「そんなヤリ手だなんて。でも貴代子に店の経営についてしゃべっても、あなたにはピンとこないでしょうから」

前崎が深々とうなずく。

「それはそうだ。彼女にはあまり聞かせたくない面もあるからな」

それぞれの前にステーキの皿が運ばれてきた。ペッパーがふんだんにのっているもの、きのこソースがあしらわれているものなど、四人四様のステーキだった。

夏子がまっ先にナイフとフォークを取りあげた。巧みな手さばきで肉汁がしみだしてくるそれを小さく切り、口に入れる。

「こういう相談はまだ早すぎるかもしれないけれど、あなたたちにお願いがあるの」

ダークワインの口紅を塗った唇が、ふっくらと肉感的なそこが肉汁にぬれて生なましさを宿す。夏子の内側にうごめく野望と欲望の象徴のようだった。

「ね、私に投資しない？　けっして損はさせないと約束するわ。私としても、あなたたちが一枚かんでいるとなると、迷惑はかけられないから、より以上に必死に、真剣に、仕事に没《ぼっ》頭《とう》せざるをえないでしょう？」

すかさず前崎が返答した。

「あいにくだが、おれはパスさせてもらう。この件では前にもはっきり断わったはずだ」

夏子の顔に落胆の表情は走らなかった。ほとんど気にもとめない態度で、城岡のほうを見た。

「どう？　城岡さんは」

自嘲の口ぶりで城岡は答えた。居直りのふてぶてしさも、その言動から感じられた。

「おれは安月給のサラリーマン。投資どころか、ろくな貯金さえないよ。きみたちと同等に考えないでくれ」

「あら」夏子はわざとらしい驚きの声をあげ、目をまるくして見せた。

「城岡さんは、あなたそのものが素晴しい財産じゃないの、その頭脳が」

「よせよ」

そう言いながらも、城岡はまんざらでもない、あいまいな笑いを浮かべた。

「私は本気よ。仕事のパートナーとして一緒にやってもらえたらと思っているの。本当よ」

前崎も口をはさむ。からかい半分に故意にけしかけているように貴代子には聞こえた。

「城岡なら夏子の片腕として申し分がない。いちかばちか、やってみたらどうなんだ。もしかすると、おれよりはるかに商売の才能があるかもしれない」

城岡はつかのま真顔になって黙りこむ。前崎にまですすめられ、かなり心が動いている様子に見えた。

夏子が片手をあげてウェイターを呼んだ。二本目のワインがからになり、同じ銘柄《めいがら》のを注文する。

「ところで貴代子、あなたもひとくちこの話にのらないかしら？」

「彼女は無理だ」

前崎がかわりに即答した。

「彼女の金の管理はすべて亭主と父親に握られている。彼女の一存ではどうにもならない」

「それならもっと話が早いわ。貴代子、あなたのご主人に私を紹介してくれないかしら。直接お会いしてお願いしてみるわ」

「いいかげんにしろよ、夏子」

我慢がならなくなったように、前崎が語気を強めた。

「城岡はともかくも、おれや貴代子がどうしてきみの事業に投資しなくてはならないんだ？　おかしなことに巻きこまないでくれ。さあ、もうこの話はやめにしよう」

三本目のワインボトルからつがれたグラスの中身を、夏子は水を飲むようにひと息にたいらげた。先刻から彼女ひとりが飲んでいるといってもよかった。

「別に巻きこむつもりはないわよ」

酔いがまわりはじめている口調だった。

「ただね、私たち四人は、ある意味で運命共同体みたいなものでしょ、学生の頃から。少なくとも私はずっとそう思ってきたし、その共同体の中で、いちばん貢献《こうけん》してきたのは、この私だと断言できるわ」

「ばかを言うな。どこが貢献なんだ?」

前崎のその言葉は、ひどく夏子の癇にさわったらしい。夏子の形相《ぎょうそう》が、いきなり変わった。

「この四人のあいだでは、すでに暗黙の了解がなされていることだけれど、あなたも城岡さんも私を都合のよいベッドの相手にしてきたじゃないの。それでいて、あなたたちの心には貴代子しかいない。ええ、私にはちゃんとわかっているわ」

前崎と城岡の顔が強張《こわば》った。

だが夏子はかまわずにつづける。

「貴代子だってそうよ。あなたは退屈しのぎに、私の城岡に手をだしたわよね。もっとも、どうやらすぐに飽きたらしいけれど。これはごく最近のこと。前崎さんもご存じでしょ?」

最後の台詞《せりふ》は、あきらかに皮肉をこめていた。

「貴代子、事実なのか?」

半信半疑の表情でたずねる前崎に、貴代子は精一杯の平静さを保ち、首をしっかりと立てたまま無表情にうなずき返す。

「ええ」

怒りが全身をかけまわっていた。

だれにも口外はしない、これは城岡との暗黙の約束ではなかったのか。

私の城岡、これは夏子がほとんど意識せずに言い放ったニュアンスだったが、あるいは彼女の気持の深いところでは、いまだに恋人と思っているのだろうか。それとも、あえて嫌味としてそう口走ったのか。

いずれにしても夏子はやりすぎだった。

秘密をあばき立てて、それが何になるというのか。

しかし貴代子の心中を見透《みす》かしたように、夏子はさらに言いつのった。

「私はもうどう思われようとも平気よ。貴代子、あなたは知らないけれど、私は二回、子供を堕《おろ》しているわ。ひとりは確実に前崎さんの子、もうひとりは城岡の子。でも、ふたりともおれの子じゃないと、けっして認めなかった。もし私が貴代子だったら、このふたりはそんなひどい対応はしないはず。いい？　私はね、つねに貴代子の身代わりだったのよ」

三人とも気まずい無言のうちに身を沈めていた。もはや料理に手をつける者はいなかった。

「私がいまさらなぜこんなことを言いだしたかわかる？　慰藉料よ。あなたたち三人から、もらって当然のもの。貴代子にしても、城岡とのことを今のご主人に知られたらまずいでしょう？」

夏子は狂っていた。そうとしか考えられなかった。

ブティック以外の店を持ちたいがために、こうして三人をおどしているのではなく、別の衝動にかられているに違いない。

けれど、その衝動の根源がまるで見当もつかなかった。

「ね、貴代子、ご主人の辻沢さんと私を引きあわせてよ。もちろん、あなたの好意的な口添《ぞ》えがあると助かるわ」

貴代子は夏子を見つめた。彼女の真意を読み取ろうとした。

だが目前にいるのは、単なる酔っぱらい女にすぎなかった。

「悪いけれど」

貴代子は怒りをこらえ、冷ややかに言った。

「あなたの頼みは引き受けられないわ」

挑戦的な光が夏子の目に燃え立った。

「辻沢さんに、城岡とのことをバラしてもいいのね？　かまわないわけね？」

夏子の心のうちにひそむ衝動、得体《えたい》のわからない黒々としたものが、突然、貴代子の胸に電流となって流れこんできた。

「どうぞ。夏子の好きなようにして」

夏子の表情が凍った。

「今、なんて言ったの？」

「あなたの好きにしてちょうだい。辻沢を誘惑したいのなら、すればいいし、お金をせびるのなら、それも結構よ」

ふいに夏子が声を荒《あら》らげた。

「あなたは、いつもそうなのよ。まるでお姫さまみたいに私たちを見くだし、超然としていて、そして――」

前崎がとめに入った。

「もうやめろよ、夏子。言いたいだけ言って気がすんだだろう?」

夏子の目から涙があふれでた。


二時間後、貴代子は夏子の住むマンションの部屋にいた。

テーブルのむこう側のソファでは、冷たいタオルを額にのせた夏子がぐったりと横になっている。部屋に帰りつくなり、夏子は気分の悪さをうったえ、バスルームにかけこんだ。胃の中のものを残らず吐きだし、青い顔でもどってくるなり、ソファに倒れこむように体を横たえた。

「悪酔いしたわ。天罰てきめんね。あんなひどいことを言ったから」

苦しげに弱々しく、そうつぶやく夏子を前にして、貴代子のわだかまりは急速に消えていった。

レストランをでたあと、前崎は同じホテル内にあるバーに皆を誘った。彼としては、夏子の口からまき散らかされた毒を、どうにかして薄め、中和させる場を設けたかったに違いない。それぞれが後味の悪さをかかえて、このまま別れてしまったなら、もっと取り返しのつかないこじれ方をするのを恐れたのだろう。

だが夏子は帰ると言い張った。そのとたん、貴代子は自分でも予想外な言葉を口にした。

「送っていくわ」

そして夏子もそれにはひと言もさからわなかったのだ。

そんなふたりを意外そうに交互に見つめ、やがて前崎は顔をくもらせ、どちらにともなく言った。

「大丈夫か」

城岡はその背後で、やはり貴代子の視線を避けながら、たたずんでいた。

夏子は目をとじたままたずねた。

「あのふたり、結局どうしたの?」

「ホテルのバーで飲み直したはずよ」

「どんな会話をしているのかしらね。貴代子、さっきのこと謝《あやま》るわ。弁解にすぎないけれど、私自身どうして急にああいうこと言いだしたのか、よくわからないの。店の権利が手に入りそうだとはしゃいだ気分でいたはずなのに……」

それから夏子はひとり言めかして語りはじめた。

四年前に最初のパトロンを癌で失ったこと、今回のパトロンもクモ膜下出血で半身不随になってしまったこと、その一方ではベッドをともにする相手には不自由していないし、「男を買う」ことさえ、たまには遊び半分でやっている。

しかし、だれひとりとして、心から愛しはしなかった。

「私が愛したのは城岡だけよ。ただし、学生の頃の彼。今はどこかで彼を軽蔑しているわ。そのくせ自分のそばに置いておこうとする」

今夜は久しぶりで四人が顔を揃えた、と夏子はつづけた。

四人で食事を楽しもう、そう思ったのは本心からだった。

けれどワインの酔いがまわるにつれ、夏子は学生時代から現在までの四人のこれまでが、あざやかによみがえってきた。

貴代子に憧れながらも、手近な相手として夏子と恋人関係になった城岡。

その城岡への苛立《いらだ》ちと、貴代子へのひそかな当てつけのために、酔った前崎をベッドに引きこんだこと。

大学を卒業し、城岡にそれとなく結婚をうながしてみたとき、あっさりと断わられてしまったくやしさ。

貴代子と前崎の強い結びつきと、結婚、出産の順調な関係。

ふたりが離婚しても、前崎は貴代子への想いをあたためつづけ、片や貴代子は再婚し、幸せな家庭におさまっている。

「突然に自分がみじめになってきたのよ。私が城岡と前崎さんのセックス・フレンドでいるのも、どこかであなたを裏切っている快感があったから。でもね、よく考えてみると、それはあのふたりの性欲のはけぐちになっているだけで、いいえ、はけぐちがあるからこそ、あの人たちは精神的にあなたを愛することができる、それに気がついたわ」

むなしげな口調で、そこまでしゃべってから夏子はふつりと口をとざした。

言葉だけを聞いていると、夏子は貴代子を憎み、恨んでいるように受け取られるけれど、貴代子はそうは思わなかった。

なぜか唐突にトミ子と多重子の顔が浮かんできた。

献身的ともいえる彼女たちの自分への接し方と、夏子の自分への感情には大差がないのではないのか。表現の仕方が異なっているだけで、その根本にあるのは、同じものではないのか。

「わかっているのよ」

夏子がふたたび話しだした。

「あのふたりがあなたに惹《ひ》かれる気持が。もし、私が男なら多分あなたにかぎりない魅力をおぼえるでしょうね」

乾いた声で夏子は小さく笑った。

貴代子はその笑いがおさまるのを待って、遠慮がちにきいてみた。

「中絶したのは本当なの」

「二回、これはその通りよ。でも相手がだれなのか、じつのところ、私にも自信がないわ。それだけ派手に遊んでいた頃だから。ただ、これについては、あのふたりに黙っておいてほしいの。ときどきチラつかせて、わざと意地悪するのは小気味いいでしょ。それだけの話」

夏子の青ざめていた頬に血の気がさしてきた。

「貴代子、私はもう大丈夫。遅くまで悪かったわ。ありがとう」

貴代子はバッグを手に椅子から立ちあがる。

「例の投資の件、辻沢に話してみましょうか」

「いいのよ。ちょっと言ってみただけ。あなたにそこまでされたら、私はもっとみじめになるわ」

いつもの夏子の冗談めかした口ぶりにもどっていた。

夏子にほほえみ返しながら、貴代子は今夜の一件で、自分たち四人のある意味での乱れた関係が暴露されたことによって、なぜか青春時代が確実に遠のいていったような気がした。

それなりに美しいと錯覚していた思い出がこなごなに打ちくだかれ、四人が四人とも丸裸にされたのだ。

貴代子がそこに見たのは、自分もふくめて、それぞれの「どうしようもなさ」であり、だれもがしでかしていた裏切りだった。

四人のうちのだれもが自分を釈明できず、それはいっそ痛快なくらい対等ではないか。

その一方で貴代子は、すべてが善意のひと言でおおわれつくし、緊密に結びついているトミ子の支配する日常生活に取りこまれている自分を、あらためて意識せずにはいられなかった。


数日後の土曜の午後、珍しく異母弟の達朗がやってきた。

多重子と修平は近くのプールにでかけ、家には貴代子とトミ子だけだった。

折入って相談がある、と達朗は小声で言い、トミ子にも聞かれたくない様子のため、貴代子は二階の自分の寝室に案内した。

「あなたからの相談なんて、はじめてね」

貴代子はうれしかった。

父は愛人にうませた達朗を毛嫌いし、達朗もめったに父のもとを訪ねようとはしない。父が彼を毛嫌いする理由はいたって単純だった。前崎も気に入らなかったと同じく、父は自分の思惑通りに動かせない男を、もうそれだけで遠ざける。

だが貴代子から見ると、達朗はおだやかで、どこといって癖《くせ》のない弟だった。

寝室のベランダぎわのティーテーブルをあいだに、夏のあいだだけ使用している白い籐《とう》の椅子にむかいあって腰かける。

　達朗は自分を見つめる貴代子の視線を、まぶしそうにはぐらかしながら口を切った。

「じつは、多重子さんのことだけど」

「ええ……」

　まさか辻沢と多重子の関係が知られたわけではないだろう、そう思いながら貴代子は心持ち緊張した。

「多重子さんには決まった人がいるのかな」

「さあ、そういう気配はないけれど」

　達朗は言いにくそうに口ごもり、やがて勇気をふりしぼったように言った。

「おれ、彼女と結婚したいんだ」

　ときたま外で多重子と会っていたという。たいがい彼女がカルチャー教室のために街中に外出した帰りに、近くにある彼の会社に立ち寄り、小一時間ほどお茶を飲む程度の間柄だが、達朗はそうした会話から多重子の実直で、情愛のこまやかな人柄に安らぎを感じたらしい。

「でも彼女がおれをどう思っているのか……そのへんのところを、それとなくきいてもらいたくて」

　辻沢とのことを別にするなら、達朗と多重子の組みあわせは案外うまくゆくかもしれなかった。どちらも家庭的には、あまり恵まれない育ちで、そのぶん自分たちの家庭を大切に築きあげようと、気持をひとつにして努力をしてゆくに違いない。

問題は多重子だった。

それも達朗をどう思っているかという以前に解決しなくてはならないことがある。

貴代子の表情についうっかり翳《かげ》りがあらわれたのだろう、達朗はあわててつけたした。

「いや、多重子さんがずっとこの家にいたいという気持は、おれもわかっている。彼女自身から何回となく聞いている。だからおれと結婚しても、修平の家庭教師はそのままつづければいいと思っているんだ」

ドアがノックされ、トミ子がアイスティーを運んできた。何かに気を取られているのか、トミ子らしくもない無愛想さで、達朗にろくなあいさつもせずにでていった。

なんとはなしに貴代子は言ってみた。あまり黙りこんでいるのは、達朗におかしな疑問をいだかせそうだった。

「今すぐに結婚をあせっているのではないのでしょう？　たとえば一、二年は待つぐらいの気持はあるとか」

「ああ、そのぐらいなら。おれもまだ三十、彼女も二十六だからね」

「そう、わかったわ。機会を見て、多重子さんの気持をきいておきましょう。ああ、このコードレス電話は、私専用なの。番号はね――」

話がすむと達朗は、多重子の帰宅を待たずに、そそくさと帰っていった。こういう相談のあとに、多重子と顔をあわすのは、きまりが悪いらしかった。

寝室に残った貴代子は考えあぐねた。

この件は、まず辻沢に打ち明けるべきなのか、あるいは多重子の気持次第なのだから、彼女を優先すべきなのか。

だが、つい最近も多重子はほとんど思いつめた切実な口調で言っていた。

「この家にずっといたいのです」

しかし、それは二十六歳の一途《いちず》な若さが言わせた言葉だろう。

おそらく、気持は途中で変化してゆく。

辻沢は、多重子を手放すことに表立って反対はしないだろう。できるはずがない。

しかし多重子を失ったあと、辻沢の夜の相手はどうしたらよいのか。

貴代子の頭には、自分がそれを引き受けるという発想はなかった。

その場合は、金銭的に話しあいのつく特定の女性を、家のそとに確保してもらうことになるのか……たとえば、夏子のような割り切った相手を……。

ドアがノックされた。

「はい、どうぞ」

不機嫌な顔つきでエプロン姿のトミ子があらわれた。

「奥さま、大変に失礼とは思いますが、先ほどの達朗さんのお話、ドア越しに聞いてしまいました」

まったく悪びれない態度だった。むしろ、貴代子と達朗の密談に立腹しているというふうな口調である。

「多重子さんの縁談、私は反対です」

「これは彼女が判断することよ。そういう口だしは、あまり感心しないわね」

「多重子さんだって、すぐに断わるはずです。いえ、彼女がどう思うか、私にはよくわかります。そして奥さまからすすめられたなら、多重子さんは板ばさみになって苦しむだけですから」

「何の板ばさみになるの」

「この家と奥さまのそばにいたい、その奥さまから強くすすめられたら、だれだってつらくなりますよ」

「トミさん、彼女はまだ二十六なのよ。将来的なことも考えてあげなくては」

「それはとうに決まっています。私の体が動かなくなったら、多重子さんは私のかわりにこの家を切りもりしてくれるはずです」

「そんな……」

「これは多重子さんと私の約束です」

「私は認めません、あなたたちの勝手な約束なんて」

　思わず鋭い声を放っていた。

　トミ子はびっくりした表情になり、一瞬後、ワッと泣きだした。エプロンで顔をおおった。

「……勝手な約束とは、あんまりです……私はこの二十二年間、奥さまが幸せになることだけを考えて……そして、ようやくこの家が落ち着いた、円満な状態になって、どれだけ私がほっとしたことか……しかも多重子さんのような方がいらして、これから先の心配もなくなって……それを勝手な約束だとは……」

　トミ子は肩をふるわせて号泣《ごうきゆう》した。

　異様な光景として、貴代子は声もなく眺めつづけた。

　トミ子の涙を見るのははじめてだったし、どこか芝居がかったその激しい泣き方には不気味さも感じた。

　根気くらべみたいにトミ子は泣きやまず、貴代子もまたこれまでとは違って折れてはゆかなかった。

　どのくらいの時間がたったのか、階下から物音が伝わってきた。

「トミさーん、トミさん、どこ？」

　修平の叫びに、トミ子はエプロンの端で涙をぬぐう。

泣きすぎて赤くなった目でトミ子は貴代子を見返した。

「どうか奥さま、軽率なことはしないでください。この家はメチャメチャになってしまいます。修平ちゃんを悲しませたいのですか、あんなちっちゃな子供を苦しめたいのですか」

おどし文句のようにそう言って、トミ子はでていった。

「はい、はい、トミさんはここですよ」

ドアのむこうから、ふいに陽気になったトミ子の声がひびいてきた。

全身から力が流れ去ってゆくような無力感を、貴代子はかみしめた。


その夜、貴代子は達朗からの頼みを、多重子にはもちろん、いつもより早目に帰宅した辻沢にももらさなかった。

夜更けてから寝室でブランデーを飲みはじめ、専用のコードレス電話で前崎のマンションにかけてみた。

「夏子ショックは少しはおさまったか」

「ええ、昔からの友だちですもの、彼女が本当は何を言いたいのか、それなりに理解しているつもりよ」

「そうか。しかしおれはショックだったぞ。きみと城岡の関係には」

「ごめんなさい、でも、もう終ったことよ」

前崎との電話を切ってから、次に夏子の部屋のボタンを押した。ブランデーの酔いが額のあたりに熱っぽくはりつきだしていた。

「あら、貴代子。この前は迷惑かけちゃったわね。みっともなかったでしょ？　私」

「夏子は笑うかもしれないけれど、私はあなたがうらやましいわ。自由があるもの」

「どうしたのよ。ああ、少しお酒が入っているみたいね。何かあったの？」

「いつもと変わりはないわ。そう、うんざりするぐらいにいつもどおりよ」

短いやりとりで電話は終った。終らせた。途中から、いきなり涙がこみあげてきたからだった。

声を押しころして、しばらく泣き、やがて貴代子は階下へ降りていった。

玄関を入ってすぐの右手の六畳間はトミ子の部屋、さらに廊下を進み、つきあたりの一室が修平の部屋になっている。

すでに一階は寝静まっていて、廊下の壁の小さな照明だけが、夜中に修平がトイレに起きたときのために黄色い輪の光をゆらめかせていた。

足音をしのばせて修平の部屋へ近づいてゆく。ドアの把手《とって》を握り、足をふみ入れたとたん、ベッドわきのスタンドに照らされた人影が振りむいた。

辻沢だった。

「あなた、どうしてここに」

気恥かしげに辻沢はほほえんだ。

「修平の寝顔を見ると、気持がほっとしてね、一日の疲れがけしとんでしまうよ」

「いつもこんなふうに寝顔を見にいらしているの？」

「毎晩ではないが、とにかく、この子の寝姿を確かめると、ようやく一日が無事にすんだという思いがする」

貴代子は胸を突かれた。形式的な夫であることに甘んじてはいても、辻沢は彼なりに修平の父親になろうとしている。

「だが、修平はそのうち、わたしが本当の親ではないと知るときがくるだろう。それを考えると複雑な心境になる。この子が受ける心の傷を想像すると」

貴代子には返答のしようがなかった。

いずれ修平が直面するに違いない事実とその打撃、それを目のあたりにしていなければならない辻沢の哀しさとつらさ、いずれもトミ子の言いなりになった自分に原因がある。

「どうなのだろう、今のうちから修平をじつの父親にそれとなく会わせておいては」

「でも、あなたは……」

「わたしは平気だ。もし、なんならトミさんを説得する役目を引き受けてもいい」

5

　七月の下旬から八月いっぱいは、あわただしくすぎていった。

　気忙《きぜわ》しさのいちばんの原因は、修平の夏休みである。

　夏休み期間中を、いかに楽しく充実させたものにするか、多重子は早くから山や海へのレジャープランを綿密に立てていた。昨年にもまして豊富な内容だった。

　修平に同行するのは多重子で、貴代子が付き添ってゆくのは、日帰りの場合にだけかぎられていた。それも屋内プールや映画館、冷房のきいた休憩コーナーのある遊園地に限定される。

　東京に住む人々からは、しのぎやすいといわれる札幌の夏の日中の気温でさえ、貴代子は必ず暑さ負けをする。また、その日の体調によっては、潮風や草木にかぶれやすい肌でもあった。

　これは昨年の夏でこりていた。修平と多重子とともに、小旅行にでかけたその旅先で、貴代子は発熱のために寝こんでしまい、多重子をうろたえさせ、期待に胸をふくらませていた修平に落胆を与え、ついには怒らせてしまった。

「ぼく、今度は多重子さんとふたりでくる。ママは弱いからイヤだ」

修平に面とむかってそう言われ、貴代子は自分が情けなかった。ただ淡くほほえみ返した。小学一年生の息子にまで本質を見透かされているような心地がした。

「ごめんなさいね、修平」

今年はすべて多重子にまかせた。

貴代子が修平にしてやることは、ほとんどなかった。修平のリュックに入れる着替えの点検や、弁当作りはトミ子の役目である。

それでも貴代子は修平の夏休み期間中は、ずっとせわしない気分ですごした。電話の音にも敏感になった。特に修平と多重子が泊まりがけででかけた日には、夜遅くベッドに入ってもなかなか寝つかれない。

事故にあったのではないか、その不安と心配が頭のすみにこびりついている。もちろん、何かあれば、すぐさま多重子から連絡がくるだろう。それにしても、なぜ、こんなにも神経をとがらせているのか、貴代子はいつになく心を波立たせている自分を持てあました。その理由は、ある夜、夢の中で教えられた。あまりの恐怖に悲鳴をあげて目をさましたくらいだった。

多重子が事故を装って修平を断崖から海へ突き落としたのだ。

夢が語ろうとすることを、貴代子はあえて考えないようにつとめた。あれほど修平を可愛がっている多重子が、そんな残酷な仕打ちをするはずがない。そうしなければならない動機もまったく思いあたらなかった。けれど、貴代子の心の奥では、多重子がそうしても不思議ではないと、どこかで認めてもいた。仕方がないのだ、と。

修平の夏休みに加えて、亡き祖父母や母の墓参、大学時代の友人が次々と避暑がてらに東京や関西方面から帰郷し、ぜひ会いたいと電話で言ってくる。たいがい夏子を通してであった。そのつきあいにも追われた。

夏の帰郷組からの誘いは毎年のことだったが、今年はそのかずもいちだんと多く、また貴代子もこれまでのように億劫《おっくう》がらずにでかけた。三十も半ばになった年齢が、昔を懐かしがるようになったのか、と苦笑する一方では、この機会をのがしては、と妙に気持がせいていた。

十数年ぶりに再会した、かつての同級生たちは、だれもが貴代子の変わりのなさに驚嘆《きょうたん》した。外見だけでなく、その雰囲気も、言動も、学生の頃そのままで、とても妻であり一児の母には見えないという。

けれど貴代子からすれば、歳月の変化に伴って、それぞれにほどよく年輪をかさねているほうが、よりしぜんであり、うらやましくもあった。

そのことをなんとはなしに口にしたとき、皆は貴代子の言葉を真《ま》に受けとめず笑い流した。

「信じられないような若さを保っているあなたからそんなふうに言われると、かえって皮肉に聞こえる」

ただ、横にいた夏子だけは、ひとり言めかしてつぶやいた。

「貴代子は皮肉の言える人ではないわ。本心からそう思っているのよ。もしかすると彼女はとても不自由な生き方をしているのかもしれない。どうあがいても、変わることを許されない、それを暗黙のうちに強制されてしまう環境というものがあるから。その結果が、この若さ……そう言っても、ちょっとわかりにくいでしょうけれど」

貴代子をかばうようなその言い方が意外だった。こちらが想像している以上に、夏子は貴代子が置かれている立場を理解してくれているのかもしれない。

前崎、城岡、貴代子を前にして、レストランで悪態をついた夜から、夏子の言動には微妙な変化が生じていた。

貴代子に対して素直になった。

かつては、親友だと広言しながらも、それとはまるで裏はらな態度をとることが少なくなかったのが、ここにきていきなり虚飾をかなぐり捨てた感じがした。

ブティック「ハラモト」は、着実に夏子の所有物になりつつあるとのことだった。

九月に入ってからも暑さは十日ほどつづいた。

やがて、終日どしゃぶりの日が三、四日つづいたあと、目にしみるような晴天とともに、冷たい秋風がわたりはじめた。

だれにも相談できないふたつの問題を心にかかえ、貴代子は解決の糸口さえ見出せずにいた。

弟の達朗が多重子との結婚を望んでいること。

修平を今のうちからそれとなくじつの父である前崎に会わせておくほうがいいという辻沢のすすめ。

どちらも貴代子はそうさせたかった。

多重子がときおり辻沢の夜の相手をしているのは使命感のようなものからであり、その背後には巧妙なトミ子の説得と指図が働いているのは、まず、まちがいがないだろう。

辻沢と多重子がたがいにどういう感情をいだいているのかは見当がつかない。

だが、日頃の辻沢を見ていると、この家をでてゆきたがっている気配はなく、むしろ修平の父親になりきろうとしている。

多重子にしても同様だった。この家に執着し、その言葉を信じるとするなら、辻沢よりも貴代子への献身を喜びとしているらしい。

達朗の望みをかなえるには、まず、多重子に辻沢の相手をやめさせなくてはならない。

しかし、その相談を一体だれにいちばん先に持ちかけるべきなのか。

すでにトミ子は猛反対を示した。まるで多重子を自分の意のままになる手下のように、彼女の人生を勝手に決めるつもりでいる。

修平を前崎に会わせるのも、かなり困難な事態が予測された。

辻沢はトミ子を説き伏せるとは言ってくれたけれど、そう簡単に承知する彼女ではない。

もちろんトミ子は、前崎よりも辻沢のほうを、ずっと気に入っている。だが、それは何かにつけて我《が》を張らない辻沢だからこそであり、そのトミ子の期待を裏切るような真似をしたなら、辻沢のこの家での立場は気まずいものになってしまうに違いない。

修平に口止めするのも無理だった。

こっそり前崎に会わせても、帰宅した修平は洗いざらいトミ子にしゃべってしまうのはわかりきっている。

現在でも修平がもっとも心を打ち明ける話し相手はトミ子だった。

修平が語る断片的な印象から、トミ子はそれが前崎だとすぐに見破り、多分、すさまじい剣幕で貴代子に抗議してくるだろう。トミ子は修平に辻沢が父親だと信じこませることに心をくだいてきたのだから。

いや、トミ子は前崎のもとにも押しかけるかもしれないし、父にも泣きつき、どういう手段を講じてでも、修平と前崎を引きはなそうとする——。

あれこれ考えるほどに、どういう場面でもトミ子がのさばりでてくる。

トミ子さえいなければ、円満に片がつく。

理屈ではそう思えても、しかし、貴代子にはトミ子のいない生活など想像がつかないのも事実だった。

中学一年生のときから二十二年間、貴代子のそばにはつねにトミ子がいた。

学生の頃に亡くなった母よりも、はるかに「母的」なひたむきさで貴代子の身を案じ、貴代子にふりかかってきた出来事に一喜一憂し、なりふりかまわずに貴代子のためだけを念じて支えてきてくれたトミ子。

たっぷりと豊かなその愛情には、まるで打算がなかった。打算がないからこそ、貴代子も安心してもたれかかってきた。

達朗と多重子の結婚に反対したとき、トミ子は「この二十二年間、奥さまが幸せになることだけを考えて」と泣きながら言った。

おそらく、嘘ではないだろう。

トミ子は心からそう思っていて、自分を疑いもしない。

けれど、トミ子はこの家に根を張りすぎた。

貴代子のすべてを把握し、熟知し、支配しなくては気がすまなくなってしまった。

トミ子が自分ではそれと意識せずに、貴代子への支配力を強めなければと気持をいっそう固めたのは、前崎との結婚だったのではないか。

トミ子は前崎を嫌っていた。口にはださなかったが、表情ひとつからもそれは読み取れた。

今になって思うと、前崎はトミ子の敵だったのだろう。

動物的ともいうべき勘で、トミ子は前崎が貴代子に与える影響力が自分の持つその力よりも、まさっていると恐れた。貴代子を彼に奪われるかもしれない、いつ突然に自分がお払い箱にされるか、心の中ではたえずおののいていた。

そして、娘の結婚に難色を示した父に、ひそかに連絡を取りつづけ、前崎について、あることないことを誇張して吹きこんでいたと、かなりの確信を持って貴代子は当時を思い返す。

というのも、前崎の浮気の相手が家にのりこんできた日、トミ子と父の英太郎の行動のすばやさは事前に察知していたかのような見事さだった。

トミ子から電話を受けた父は、すぐさまやってきて、浮気の相手に札束を投げつけるようにし、貴代子と修平を自宅につれ帰った。まるでトミ子の電話がかかってくるのを待機していたような迅速《じんそく》さ、しかも連日、仕事でとびまわっている父が、その日にかぎって会社にいたという偶然の一致である。

さらに邪推を働かせれば、前崎の浮気の相手をあらかじめ、しかるべき者を通して買収し、丸めこみ、わざと家にのりこませたとも考えられる。

父ならやりかねない。

また前崎に自分の座を剝奪《はくだつ》されそうな危機感を持っていたトミ子が、それに手助けするのもうなずける。

が、あの場合もトミ子は自分に暗示をかけるようにこう言いふくめただろう。

「これは奥さまの幸せのため。前崎と一緒では、奥さまは幸せになれない」

三十五歳になった貴代子は、トミ子の心のからくりが、かなり見えてくる。

いちずな善意だとも受けとめる。

だが貴代子だけを見すえつづけるトミ子の眼中には、そのまわりの人々を思いやる余裕はない。

トミ子をいっとき怒らせても仕方がないだろう、貴代子は考えあぐねるうちに、次第にそう心を決めはじめた。

最終的にはトミ子は必ず私の味方になってくれるのだから、和解にもそう時間はかからないはずだった。

九月なかばの雨まじりの晩、貴代子は辻沢の書斎のドアをノックした。

十時をすぎていた。

「はい」

という辻沢の返事を待ってドアを開ける。

彼は窓ぎわに置かれた机にむかい、黒い大きな革製の椅子の背から後頭部の上半分だけがのぞいていた。

辻沢が椅子をこちらに回転させようとしたのを、あわててさえぎる。

「あなた、そのままの姿勢でいらして」

「きみか。何かあったのかな」

辻沢の書斎に足をふみ入れるのは、これで数回目、しかし片手でかぞえられるくらいだった。

「あのう、折入ってご相談があります……じつは達朗が多重子さんに好意を持っていまして、できることなら結婚をしたいと。多重子さんには、このお話、まだ伝えておりません」

辻沢は無言だった。

貴代子は慎重に言葉を選んでゆく。

「多重子さんにお話しする前に、あなたのお気持をうかがわなくてはと思いまして」

おだやかな返事が返ってきた。

「彼女はいい妻になるだろうね。特に達朗くんにはお似合いだ。わたしは賛成するよ」

「あなた、本当に、それでよろしいのでしょうか」

「ほかにどう言えばいいのかな」

「いえ、あなたのお考えだけが知りたくて。あとは多重子さんに時機を見てお話しいたします」

ドアの把手《とって》を握りしめた瞬間、呼びとめられた。

「貴代子、今のこと、トミさんは知っているのか」

「はい。大反対していましたわ」

「それで、きみはどう対応したの」

「はじめてトミさんとやりあいました。そう、はじめての言い争いでした」

辻沢がそれまでにもましてやさしい口調になった。

「こちらにきてくれないか。もう少しきみと話がしたい」

ゆっくりと近づいていった貴代子に、辻沢は机のそばの背もたれの細長い椅子を指さした。そして革製の椅子を回転させ、貴代子とむきあった。

「正直なところ、驚いているよ。きみがトミさんとやりあうなんて。だが、それは多分きみにとってはいいことだろうと思う。思うが、貴代子、わたしは心配でもあるんだ。きみと結婚してからのこの三年間、トミさんときみの関係を眺めつづけてきて、そこにはだれも入りこめないとよくわかった。きみが自分の判断で行動する、これはわたしも賛成だ。しかし、わたしが危惧《きぐ》するのは、きみは自分で思っているよりも、ずっとトミさんの配下に置かれてしまっている、心理的にね。つまり、あまり性急に事を運ぶと、その反動というかひずみが大きくなりはしないか」

「私とトミさんの関係にヒビが入るということですか」

「いや、もっと決定的な何かだ。それはわたしにもわからない。トミさんがきみを大切に思う気持はふつうの母親の比じゃないからね。たとえば——」

言いかけて辻沢は急に気まずそうに押し黙った。

「遠慮なくおっしゃってくださいな」

貴代子の落ち着いたうながしに、辻沢の顔面がかすかにゆがむ。言いすぎたことを悔いているらしい、またこの家での自分の非力な立場をふいに思い出した気弱で善良な男の戸惑いの表情だった。

辻沢の迷いを励ますために、貴代子は日頃の思いを素直に告げた。

「私、あなたには感謝しておりますわ。修平にもいつもやさしくしてくださるし、この家全体の空気をやわらげてくれているのは、結局、あなたですもの」

「そう言ってくれると、わたしも少し救われる。きみたちに何もしてやれない自分を知っているからね」

「ご自分を卑下なさらないで。そういうあなただからこそ、父は私の夫にふさわしいと考え、トミさんも諸手をあげてあなたを迎えたのではありませんか」

きまりの悪そうな笑《え》みが、おずおずと辻沢の口もとにきざまれた。

「ありがとう……だが、きみは、いつまでたっても、私にとっては不思議な女性だね。わたしの妻でありながら、妻という実感がわかなくて、手の届かない憧れの女性とひとつ屋根の下で暮らしているというか……」

「私はまるで妻の役目をはたしていませんものね。その点では申し訳なく……」

「だから、さっきの話にもどるが、結婚前にトミさんにしっかりと念を押されてね」

「念を押す？」

「ああ。トミさんはわたしにしつこく、くり返した。奥さまの嫌がるような言動はつつしんでほしい、この家の主人はあくまでも奥さまなのを忘れないようにと」

辻沢と結婚して半年もたつと、性交渉はなくなった。貴代子が拒否した。特別な理由はなく、それまでの半年間にしても、いやいやながら、ときたま応じていたのだ。

妻に拒まれた辻沢は、おとなしく引きさがり、文句を言うでもなく、非難がましいまなざしをそそぐでもなかった。

辻沢と多重子の関係に気づいたのは、一年ほど前だったが、ふたりがいつからそうなったのか、貴代子には見当もつかない。

ふたたび先刻の話題をむし返した。辻沢が本心から了解してくれたのかを確かめたかった。

「あなた、多重子さんと達朗のこと、よろしいのですね」

辻沢は目をそらした。

「きみがいいようにしなさい」

その無表情さをしばらく凝視《ぎょうし》する。

辻沢の心の動きは何も探れなかった。


多重子にどう切りだし、達朗の望む方向に持ってゆけばいいのか、と思案にあけくれていた数日後の夕方、珍しく修平が貴代子の寝室に駆けこんできた。

「ママ、大変だよ、多重子さん病気になったみたい」

夏休みで真っ黒に日焼けした顔は、ひと月がすぎて、ややトースト色に色褪《あ》せはじめていた。前崎に似た、長いまつげに縁取られた瞳の中に、おびえがゆらめいている。

「病気？」

「うん。気分が悪いってトイレで吐いて、トミさんがお薬とか飲ませてる」

「まあ、突然にどうしたのかしら」

様子を見にゆこうと、ベランダぎわの椅子から立ちあがる。

「突然じゃないよ」

修平は不安げに目をしばたたかせながら、貴代子を見あげた。

「この前から、多重子さん、ときどき吐いてたもの」

「この前って、いつ頃から？」

「よくわかんないけど、ぼく、何回も見てる」

足早に階下へおりてゆく。

多重子はトミ子の部屋で横になっていた。額に濡れたタオルをのせ、ぐったりと目を閉じたその顔色は土色だった。

枕もとにトミ子がすわり、眉間《みけん》にしわを寄せて見守っている。

「大丈夫なの、多重子さん」

トミ子が抑揚なく答えた。

「きっとお昼の食べあわせが悪かったんですよ」

「でも修平の話だと、この前からよく吐いていたとか」

「夏の疲れが今頃になってでたのでしょう。胃腸が弱ると、こういうこと、ありますから」

だが貴代子は、トミ子がへんにぶっきらぼうで、心なしか緊張した面持ちでいるのに気づいた。

「さ、奥さま、こんな所にいないで、修平ちゃんのお相手でもしていてくださいな」

「多重子さん」

トミ子の言葉を無視して、声をかけてみた。

「具合はどう？」

多重子が薄く目を開けた。

「すみません。ご心配をかけて……トミさんの言うとおり、夏の疲れです。ですから、どうか、もう……」

これまでは夏の暑さ疲れで体調をくずすような多重子ではなかった。風邪もめったにひかない。

いぶかりながら修平とともに居間に引き返した貴代子の耳に、浴室に走ってゆく荒い足音がひびいてきた。トミ子だとわかる重量感のあるひびきだった。

足音はすぐさまトミ子の部屋にもどり、次に、せきこむような苦しげな声がかすかに伝わってくる。またもや多重子が嘔吐《おうと》感におそわれているに違いない。

宿題をやりかけていたという修平と一緒に、教科書やノートの広げられた食堂のテーブルにつく。

「ねえ、修平、多重子さんは本当に前からきょうみたいに体の調子がよくなかったの？」

「うん、そうだよ。でも、ママには言うなって、トミさんにも言われてたから」

「なぜ」

「ママをびっくりさせちゃいけないって」

しばらくして、ようやくトミ子が姿を見せた。憔悴《しょうすい》した表情である。

「奥さま、どうもあのままでは多重子さんはまいってしまいそうです。それで、いかがでしようか、一週間ほど入院させてやりたいのですけれど」

「多重子さんは？」

「だいぶ元気になりましたが、まだ横になっているようにと言っておきました」

「じゃあ、お話はできるのね」

「はい。でも……？」

「修平、ひとりで宿題やれるわね。ママはちょっとトミさんたちと相談があるの」

自分自身でも思いがけない行動力だった。

多重子を入院させてはならない。それが意味することを、貴代子はたちまちのうちに悟っていた。

トミ子の部屋に入ってゆくと、多重子は起きあがろうとしたが、貴代子は手で制し、畳のうえに正座した。突っ立っているトミ子にもすわるように目で合図する。

「ふたりとも、私にかくさないでほしいの。多重子さん、あなた妊娠したのね。そしておなかの子の父親は辻沢ね」

トミ子があわてて口をはさむ。

「何を言うのですか。奥さま、それは考えすぎです。いえ、まったくのでたらめです」

貴代子はかまわずにつづけた。

「トミさんは多重子さんを入院させて、中絶手術を受けさせるつもりらしいけれど、私は許しません。辻沢の妻として、ぜったいに許しません。多重子さん、子供はうみなさい。辻沢にきちんと認知させますし、養育費もださせます。だから安心して、子供を――」

「奥さま」

弱々しいけれど、芯《しん》の強さをふくませた声だった。

「私は妊娠などしておりません」

トミ子も語調を強める。

「そうですよ。一体どこから、そんな妊娠だなんて」

「そう、妊娠じゃないのなら、この家で静養なさいな。お医者さまに往診してもらい、栄養のある食事をトミさんに作ってもらって。多重子さんが入院したら、修平は淋しがりますもの。いいですね、多重子さん」

一瞬、会話は途切れた。

トミ子と多重子は愕然とした表情で、どう貴代子に対応すべきなのか、混乱と困惑が交互にその目にあらわれてくる。

そこには彼女たちが見たこともない別人のような貴代子がいた。

うわずった声でトミ子が反撃してきた。

「この家に病人がいるのは縁起《えんぎ》がよくありません。修平ちゃんのためにもなりません」

「そうかしら。病気の人をいたわる、これは修平にとっても貴重な体験になると思うわ」

「どうしたのですか、奥さま」

トミ子の全身から悲痛なものが漂いだす。

「なぜ、そんなに私たちを疑うのですか。奥さまはそんな方ではなかったじゃありませんか。いつだって私を信じて、私にすべてをまかせてくれたのに。奥さまは、もう私を信じないのですか」

トミ子を正視できなかった。

正視して、その目に宿るひたむきさにぶつかったなら、これまでと同様にだらしなく意志を失い、退散してしまう自分が確実に予測できた。

「トミさん、今はそういう問題ではなく、多重子さんのことを考えてあげなくてはならないでしょう」

「私のことでしたら、本当にご心配はいりません」

どこまでも多重子はトミ子に同調してゆく。

その姿は、貴代子自身の過去とかさなり、だからこそ、いっそう多重子をトミ子の意のままにさせたくはなかった。トミ子の「母的」なものに、甘え、慕って頼りにするうちに、いつか、がんじがらめに縛られてしまい、そこから逃げだそうとしたときは、もはや身動きができなくなってしまっている。

「多重子さん、あなたはもっと自分を大切にしなくてはならないわ。何かに自分を閉じこめてしまってはいけないのよ」

貴代子に見つめられ、多重子はつらそうに伏し目になった。

辻沢は貴代子の話に黙って耳を傾けていた。苦渋にみちた顔つきだった。

多重子の妊娠があかるみになったその夜のうちに、貴代子は夫にそれを打ち明けた。いそがなくてはならない。トミ子がどんな手段にでるか、一日でも早くこちらの対応策をまとめておく必要があった。

十一時すぎに、ようやく辻沢は帰宅し、書斎に入ったのを待って、貴代子はドアをノックした。

「あなたを責める気持はまったくありません」

しゃべりながら、貴代子は何回もこの言葉をさしはさんだ。辻沢のおかしな誤解は避けたかった。

貴代子の考えは、多重子とトミ子に言った内容そのままで、変更はない。あとは辻沢が納得し、多重子を説き伏せる協力者になってくれることだった。

話を聞き終ってからも、辻沢はすぐには返答しかねていた。

貴代子はじれた。辻沢の立場も理解できないではなかったけれど、今は余計な思惑はすてて、結論だけをだしてもらいたい。

辻沢がようやく口を開いた。

「弁解はしない。その子はわたしの子だろう」

「あなたが弁解することはありませんわ。さっきも申しあげたように、私も承知していたのですから」

「しかし世の中は皮肉なものだ。達朗くんが彼女と結婚したいと言ってきた矢先に、こういう状況になるとは……貴代子、きみの気持はありがたいが、やはり、その子はうめないだろう。複雑な事情がありすぎる」

「あなたはご自分の血を分けた子供がほしくはないのですか。うまれようとしている子を見殺しにするつもりですか」

貴代子の勢いに、辻沢は気圧《けお》された表情となった。

さらに貴代子はたたみこむ。

「多重子さんをどう思っていらっしゃるのですか。少しはかわいそうとは思わないのですか」

「彼女はわたしを愛してなどいないよ。彼女は自分からわたしのベッドにしのびこんできた。これもこの家での仕事のひとつだ、そうトミさんに言われたと。そして、貴代子、きみのためになるのなら、多重子さんはどんなことでも平気でできるとも言っていた。要するに彼女との関係はそういうものだった。そんな相手の子供など、彼女もほしくないと思う。奇妙だな、この家でわたしの子を待ち望んでいるのは、妻であるきみだけとは」

辻沢は苦笑した。自嘲とも、妻を憐むとも、どちらにも受け取れる屈折した苦い笑いだった。

「わたしには修平がいる……冷静になって考えてみなさい。きみがしようとしていることは、第二の達朗くんを作るのと同じなのだよ。いや、もっとこみ入っている」

ふいに貴代子の頭に、はじめて達朗と引き合わせられた日の光景がよみがえってきた。あのとき達朗は、ちょうど十歳だった。貧しい身なりとおどおどしたまなざしを見たとたん、中学三年生であった貴代子は父母への怒りで胸を熱くした。その気持を代弁するかのように、トミ子は達朗にやさしかった。だれよりもまっ先にトミ子は貴代子の感情を吸い取っていた。

辻沢の書斎をでて自分の寝室にもどった貴代子は、ベランダのそばのグレーの布張りの肘《ひじ》掛《か》け椅子に、力なく体を沈めた。

夏のあいだだけ使っていた白の籐椅子は、秋の冷気がしのびこむようになった数日前に片づけられ、肌ざわりの柔らかな布張りのそれに替えられていた。

貴代子はくり返し辻沢の言葉を反芻《はんすう》しつづけた。

「きみがやろうとしていることは、第二の達朗くんを作るのと同じなのだよ」

もし、そうだとするのなら、それはやってはならないことだった。

だが、辻沢は父とは違う。

いきさつはどうであれ、彼は多重子が宿した子の父は自分であると認めているし、性格的にも父のような酷薄さはなかった。

血のつながらない修平さえも、あれだけ可愛がってくれる。

だいいち、辻沢の妻である自分が、だれよりもいちばんに多重子の出産をすすめている。

幼い達朗が味わったようなみじめさは、ぜったいにさせない。させてはならなかった。

しかし、多重子の妊娠と出産は、彼女との結婚を望んでいた達朗には相当なショックになるはずだった。

達朗がこの家に寄りつかなくなっても不思議ではない。彼は慕っていた辻沢に裏切られた気持になり、さらには貴代子にも侮蔑のまなざしをむけるだろう。

そして、そのとき、達朗はふたたび孤立し、せっかくなごやかな関係を保ってきた貴代子とも疎遠になってゆく――。

ひとりぼっちの達朗の姿を想像すると、貴代子は胸がきしんだ。三十歳の彼の現在が、たちまちに十歳の、あのみすぼらしい少年と重なりあってくる。

父の激怒は目に見えていた。自分の仕事の片腕として、忠実な部下としても娘婿にはぴったりだと迎え入れた辻沢が、他の女性に子供をうませたとなると、最悪の場合は、彼をこの家から追いださないともかぎらない。

もちろん貴代子にも離婚しろと迫ってくるだろう。

けれど、貴代子は、もはや父は恐ろしくはなかった。言いなりにはならない自信がある。父がどれだけ逆上しても、前崎との離婚のときのように思いどおりにはさせない。

ただ先刻の辻沢の屈折したほほえみを思い浮かべると、すでにさまざまな面で父の圧力が重苦しいほどにのしかかっているのかもしれなかった。

貴代子と再婚するにあたって、父はいくつかの条件を未来の娘婿に提示し、その合意のもとに辻沢はこの家の一員になった、これは十分に考えられる。

もしかすると辻沢がじつの父のように修平に愛情を傾けるのも、修平以外の子を持つことを禁じられている、その埋《う》めあわせとも邪推できた。父は前崎を憎みながらも、その血を引く修平を溺愛していた。

あれこれと想像してゆくと、貴代子は混乱した。

最善の解決策はどれなのか。

多重子は本当におなかの子をうみたくないと思っているのか。

しかし、貴代子の考えの重点は、どうしても多重子ではなく、より辻沢と達朗のほうに置かれてしまうのだった。負い目が働いた。

ふたりの男は、どちらも貴代子の被害者のような気がしてならなかった。

辻沢は、父から事情は聞かされていたものの、これほどまでに形ばかりの夫になろうとは予想外だったのではないだろうか。

また達朗が子供の頃に貧しく不幸な境遇に置かれていたのも、いまだに理由もなく父にないがしろにされているのも、自分という娘の存在が親子の和解をじゃましているように思われて仕方がなかった。

午前二時をすぎていた。

とりあえず明日、多重子とふたりきりで、じっくり話しあってみよう。

貴代子は夜着に着がえると、棚のブランデーをグラスにそそぎ、椅子にもどった。眠れそうにもないため、アルコールで神経を鎮《しず》めようとした。

グラスの中身が半分になり、張りつめていた神経が少しずつほぐされてきた。

たった一週間ほどのあいだの目まぐるしい展開と行動は、これまでの貴代子には考えられないことだった。

ようやく辻沢に切りだせた達朗と多重子の結婚話。

数日後に発覚した多重子の妊娠と、トミ子との言い争い。

その折々は自分なりに必死にやったつもりだったけれど、ブランデーで鎮まってきた頭で振り返ってみると、底知れぬ不安が貴代子をつつみこむ。

何か大きな過ちを犯しているみたいだった。まちがった判断のまま、まちがった言葉を口にしたのではないか。

ベッドに入ってからも、貴代子は、なかなか寝つかれなかった。ベランダのカーテンが明るくなった頃、ようやく意識がもうろうとしてきた。

目がさめると十時少し前だった。

家の中が、いつになく妙に静まり返っていた。辻沢は会社に、修平は学校へいったあとも、階下からは、たいがい、トミ子と多重子のかすかな足音や話し声、物音などが伝わってくるのに、そうした気配もない。

胸さわぎがした。貴代子は夜着の上にガウンを着こみ、いそいで寝室をでる。

キッチンのテーブルでは、老眼鏡をかけたトミ子が、家計簿を広げ、スーパーのレシートに照らしあわせていた。

多重子は見当たらない。

「トミさん、多重子さんは?」

「あら、おはようございます。コーヒーをいれましょうか」

「多重子さんはどこなの」

聞こえないふりを装って、トミ子は流し台に立った。

「返事をしてよ、トミさん」

「まあまあ、朝からそんな大声をだして。修平ちゃんがいたらびっくりしますよ」

「はぐらかさないで」

居間とキッチンの境い目に立ちつくしている貴代子に背をむけたまま、トミ子はふだんと同じ調子で言った。

「四、五日お友だちの所で体を休めてくるそうです。奥さまに無断ででかけることをおわびしていました」

違う、ととっさに貴代子はすべてを読み取った。多重子は病院に手術を受けにいったのだ。いかせられた……。

体がふるえた。怒りなのか、動転する心のあらわれなのか、わからなかった。

「なんてことをしたのよ、あなたたちは。どうして私に黙って、そういう大変なことを決めてしまったの」

語尾は悲鳴のようになっていた。

「辻沢の子供なのよ。私は彼の妻よ。それなのに、あなたたちは……」

途中で声が途切れてしまった。

軽いめまいをおぼえ、貴代子は居間のソファにくずれこむ。両掌で顔をおおった。

トミ子の声が近づいてきた。

「どう思われようと、この件については、多重子さんが決めることです。奥さま、みっともない真似はしないで下さい。子供は奥さまがうむのじゃないのですからね」

「みっともない……」

「ええ、そうですよ。ちょっと前までは多重子さんを達朗さんにくっつけようとして、次には旦那さまの跡つぎをうませようとやっきになり、一体、奥さまは、本当はだれのためを思っているわけですか。まるで一貫性のない、めちゃくちゃなやり方じゃありませんか」

「そんな、私は」

否定はしてみたものの、言われてみれば、トミ子の指摘ももっともだった。

そう、私は、心の底ではだれにとってよかれと思っていたのだろうか。

「私の目からするとですね」

トミ子は貴代子のひるみを見逃さなかった。口調が一挙に高飛車《たかびしゃ》になりはじめる。

「奥さまのその矛盾したやり方は、この家にもめごとを持ちこむだけです。いいですか、馴れないことには手も口もださないこと。おっとりとかまえていて下さいな。旦那さまが物足りなくて退屈なのでしたら、夏子さんたちと遊んでいらっしゃればいい。最近の奥さまには息抜きが必要ですよ。外で適当な息抜きをしないから、家の中の余計なことに目がいってしまう。でも家はままごとの場じゃありませんからね」

「ままごと？」

貴代子は、かすれた声でき返す。

「そうです。奥さまは遊んでいらっしゃる。現実を無視した少女趣味で物事に白黒をつけようとする」

そう言ってからトミ子は黙りこくった貴代子を満足げに見おろし、猫なで声になった。

「まあ、少女趣味は、奥さまらしくて、よろしいのですよ。多重子さんをこの家に住みこみの家庭教師にしたようなことであれば、この家は奥さまのそういう損得抜きの無邪気な善意で成り立っているようなものですから。私がこうして、長年ごやっかいになっていられるのも、奥さまがいればこそ……奥さま、今朝は温かいミルクがよろしいのではありませんか。お好きなクルミ入りのサラダも、大いそぎでお作りしましょうね」

貴代子は足もとをふらつかせながら、どうにか立ちあがった。

トミ子の言葉が暗示のように脳を麻痺させていた。

本当はだれのためを思っているのか。

ままごとの場。

少女趣味で白黒をつける。

貴代子を打ちのめすこうした台詞《せりふ》は、トミ子だけが、なぜか、ひとかけらの悪意もふくめずに、かろやかに口にだせた。

そして貴代子は打ちのめされながらも、どう反論し、反発すべきなのか、まるで思いつかない。意識下のどこかに見事に当てはまりすぎて、その鈍い痛みに耐えるだけで精一杯の状態になってしまう。

そんなとき貴代子にできることは、トミ子の視界からのがれ、その声のとどかない所に身をかくすぐらいだった。

階段をのぼりかけた背に、またもやトミ子の声が追ってきた。自分の気ぐばりのほどをひけらかすような口調だった。

「多重子さんの今回の件は、お父さまの耳には入れてませんからね」

寝室にもどった貴代子は、乱れたベッドの中にもぐりこんだ。

眠気はなかった。

けれど、限られたスペースにちぢこまり、四肢をしっかりと胸に引きつけておかなくては、全身がバラバラに分離してしまうような虚脱感におそわれていた。

U字型のラベンダー色の広いボックス席では、貴代子と夏子が六人の男たちに囲まれていた。

手前のガラスのテーブルには、封を切ったばかりの国産のブランデーボトルが置かれ、メロンやマスカット、キウイなどの果物が食べやすい大きさに切られて銀の大皿に、まるで装飾品のような寒々しさで盛られてある。

レディース・クラブ「エル」は、貴代子が辻沢と再婚するまでの二年間、ひんぱんに夏子につれてこられた店だった。

今、ふたりの席についている六人の男たちのうち半分は記憶に残っている顔、残りの三人ははじめて見る顔である。自称、二十代前半から三十代までの男たちは、いずれも高価な背広に身をつつんでいる。

「夏子さんはともかく、こちらの彼女は久しぶりだね」

三十代と称しながら、実際は四十もなかばをすぎていると思われる、目つきの鋭いホストが愛想笑いひとつ浮かべずに、ぶっきらぼうに話しかけてきた。

すかさず貴代子にかわって夏子が答える。

「こちらは、ちゃんとした家庭の主婦ですもの、私みたいなふらふらしたのとは違うわよ」

こういう店でしか着られないような淡いサーモン・ピンクのスーツ姿の小柄なホストが話に加わってくる。

「夏子さんはふらふらしているどころか、ブティックでずいぶん稼いでいるヤリ手じゃないか」

「ま、ヤリ手なのは、あなたたちも同じでしょ」

「とんでもないよ。昼間も働かなくちゃやっていけないんだから」

正面のダンス・フロアには生バンドが古いムード音楽を演奏していた。年配の男性ばかりで構成されているバンドは、以前にもここで見かけたことがある。

フロアでは二組のカップルがステップもあざやかにワルツを踊っていた。男たちはホスト、着飾った女たちは、どちらも四十歳前後の主婦のようだった。心からダンスを楽しみ、ホストのリードに酔いしれ、つかのまの華やぎを満喫しているらしいその姿に、貴代子は目を吸い寄せられてゆく。

自己陶酔を物語っている自信あふれた笑顔がうらやましかった。張りきってでかけてきたに違いない、それと分るほどの、めいっぱいのおしゃれ心にも羨望をおぼえる。

そのように、何かにむけて自分を気負い立たせ、誇示する喜びを味わうことができたなら、どれだけ気分的に解放されるだろうか。

貴代子は退屈していた。

無気力感が潮のように足もとから這《は》いのぼってくる。

それは、冷たく、黒々とした執拗《しつよう》さで、全身のぬくみを少しずつ奪い取り、貴代子からいっさいの感情と生命力までも吸い取ってゆこうとしていた。

さからわなかった。

欲しいだけ奪ってゆけばいい。

まだ奪い取るほどの価値とうまみがあるのなら、一滴の血も残さず、肉体ががらんどうになるまで、むさぼりつくせばいい。

空洞になったとしても、惜しくはなかった。

私など、とうに半分は空洞のようなものではないか、貴代子は胸の中で乾いた自嘲をもらす。

こうして遊んでいる、いわゆる息抜きをしている。

けれど何がおもしろいのか。

今朝のトミ子の言葉が、ここ一週間ほどの自分の言動が、たえまなく頭の中を吹き荒れつづけていた。

自分が滑稽《こっけい》だった。

さまざまに入り組んだ人間関係を取り仕切ろうと肩をそびやかした姿は、さぞ不似合いで、ぶざまだったろう。

案の定、変化は生じなかった。

非力さを思い知らされたにすぎない。

貴代子からの返事を、多分、達朗は待ちわびている。が、どう言えばいいのか。

「貴代子、楽しんでいる？」

ホストたちを相手に笑いすぎて、目のまわりの化粧がくずれかけた夏子が陽気にたずねた。

「ええ、おかげさまで」

しかし、貴代子は聴覚に疲れを感じはじめていた。途切れることのないバンド演奏の音が、先刻から苦痛でたまらない。

「でも、夏子、そろそろ引きあげない？」

夏子はあっさりと承知した。

「またくるわ。夜更かしは肌に悪いから」

そう言いながら、すばやく腰をあげていた。

ホストたちに見送られて店のそとにでると、九月も下旬になった夜の空気はひんやりとして、ほろ酔いにほてった頰に心地よかった。

ネオンでにぎわうススキノの中心部にむけて歩きながら、夏子が空を見あげて大きく深呼吸をする。

「貴代子、元気がないわね、顔色もよくない」

「そんなことないわ。いつもと同じ」

「トミさんとは、うまくいっているの」

一瞬、とまどった。夏子から、こういうふうにトミ子との仲をきかれたことがない。

口ごもった貴代子に、夏子は同情めいた視線を走らせ、ふたたび夜空を見つめた。

「たまに前崎さんから聞いているの。むずかしいことよねえ」

「彼はなんて？」

「もちろん彼はあなたの幸せだけを願っているわ。だから、あなたにへんに変わってほしくないのね」

「へんに変わる？」

「そう。へんに自分に目ざめたりしないで、今のままの生活を大事にして欲しいのよ。トミさんやご主人の庇護のもとにいて、私たちの知っている貴代子そのままでいてもらいたい、本当よ」

そう言った夏子の口調には真剣味が感じられた。

「ところで話は変わるけれど、〝ハラモト〟はようやく私のものになったわ。これをきっかけに、と言うのもおかしいけれど、私、前崎さんと城岡のセックス・フレンドは、もうやめにしたの。ふたりにも宣言したわ。そうしたらね——」

夏子はこみあげてきた笑いで話を中断させ、立ちどまった。

「ああ、ごめんなさい。私、もう、おかしくって。あのふたり同じ反応をしたのよ。ホッとしたような、肩の荷がおりたような。そのとき私よくわかった。あの人たちは、私をセックス・フレンドにすることが、ひとつのやさしさの表現のつもりでいたのね。まあ、一種の有料ボランティアのような。これって、笑い話よね。ああ、ばかばかしい」

思い出し笑いに身をよじっている、ややヒステリックな気味があるにせよ、そのほがらかな声に、貴代子は、夏子の毒が薄められてきたような印象を受けた。

毒は、それなりに魅力があった。貴代子は惹《ひ》かれてもいた。

しかし、毒が薄められた夏子を目のあたりにして、これも悪くはないと貴代子は思う。何かしら、心を開いて語りあえるような明るい期待をいだかせた。

「前崎も城岡さんも、結局は、夏子にやさしかったということね」

「まったくばかげているわよね。私は前向きな被害者意識で、そうやってふたりをとっちめているつもりだったのに。だから、つい私も打ち明けてしまったわ。私の二回の中絶の相手は、あなたじゃないかもしれない、これが真相だって」

中絶、のひと言に、にわかに貴代子は緊張した。口のなかに苦さが広がりはじめる。

表情を凍らせた貴代子を、夏子は敏感に察知した。

「どうしたの」

「いえ、別に」

「貴代子……あなた、まさか……」

「早とちりしないで。私のことじゃないわ」

「私のことじゃない……つまり、ほかの人がそうだってこと?」

「違うわ。夏子、違うのよ」

「そう」

目を細めて見返したかと思うと、夏子はふいにはしゃいだ声をとばした。貴代子の腕に腕をからめてきた。

「コーヒーでも飲んで帰りましょうか。でもホスト遊びも、なんだか、つまらなくなってきたわねえ。あとは仕事に打ちこむしかないってことかしら」


五日後の午後、多重子は「友だちの所」から帰ってきた。

やつれきった顔で、寝室にいた貴代子の前にあらわれた。

貴代子は正視しかねた。多重子が痛ましくてならなかった。

「奥さま、留守をしてご迷惑をおかけしました」

「気にしないで。それより体のほうは？」

「はい。どうにか回復いたしました」

多重子のほうも、おびえたまなざしで、目をあわせるのを避けていた。

「しばらくは体をいたわって無理をしないようにね」

「ありがとうございます」

そう言ってからも多重子はその場から動かず、両肩をすぼめるようにして床を見つめつづけた。

やがて思いきったようにたずねた。視線は伏せたままだった。

「あのう、今回のこと、奥さまはお怒りなのでしょうか」

「いいえ」

貴代子はベランダのそとへ目をやった。

「冷静になってみると、私がとやかく言う資格はないのね。ろくに妻らしいこともしていないのに。私が取り乱して、かえってあなたを困らせたみたいで申し訳なく思っています」

無力感が冷気のように胸を流れた。

「私はうれしく思っています。奥さまが、あんなふうに私を心配してくださって、私をかばってもくれて……それなのに私は、奥さまにさからって……」

「いいのよ。トミさんの判断が、多分、正解なのでしょう。私の言ったことは常識はずれ、世間の物笑いになるだけ」

しかし、と貴代子はまたもや挫折感につつまれた。多重子に子供をうんでもらいたかった。辻沢に自分の血を分けた子を抱かせたかった。修平にきょうだいを与えてやりたかった。

「私は誤解していたのでしょうか」

多重子の声に切実なものが加わった。

「奥さまとトミさんは何事も一心同体なのだと思っておりました。トミさんの考えは、すなわち奥さまの考え、ずっとそうだとばかり。トミさんも、いつもそのような言い方をするものですから」

「ある時期まではそうだったわ。それにトミさんが、私によかれと思ってやっているのは、事実よ。彼女は疑いもなく、私のためにそうしていると信じている。でもね、多重子さん、私も三十五歳なの。この意味、わかるでしょう」

貴代子は薄く苦笑しながら多重子へまなざしを移した。多重子もしっかりと首を立てて見つめ返す。

「この前も言ったけれど、多重子さんはまだ二十六歳、今から何かに閉じこめられてしまってはいけないと思うの」

私のように、と付けたしたいのを我慢した。

「もちろん、あなたがこの家にいてくれて、私たちは大助かりよ。でも、この家に縛りつけておくのは、けっしてあなたのためにはならない。多重子さんの未来をつみ取ってしまうこと……」

言いながら、貴代子は自分の矛盾と身勝手さに気づき、途中で言葉を失った。

辻沢の子をうんでもらいたい、そう望む気持は、結局のところ、多重子をこの家に縛りつけるのと同じではないか。

その一方で、縛りつけられてはいけない、と多重子に忠告している。トミ子の意のままになるな、と。

多重子という存在をかりて、貴代子がそのむこうに見すえているのは、トミ子にほかならなかった。多重子を巧妙に利用している自分のあざとさがいきなり自覚され、貴代子は愕然とした。

黙りこんでしまった貴代子を、多重子は不安そうに見守っていた。

「奥さま、ご気分が悪いのでは。お顔の色がよくありませんけれど」

「大丈夫よ……ごめんなさい、多重子さん、お説教じみたことを言って」

「とんでもありません。奥さまに、そんなに気にかけていただいて私は感謝しています。この家にお世話になったときから、その気持は変わりません」

その夜、専用のコードレス電話に達朗から電話がかかってきた。これといった内容のないおしゃべりに終始し、電話は切れた。

達朗は、多重子との交際の件についてききたかったに違いないが、貴代子があえて話題にしなかったため、たずねるのはひかえたようだった。

相談を受けてから、かれこれ二ヵ月になっていた。達朗がしびれをきらしても当然だろう。

今となっては貴代子の立場はつらくなっていた。

達朗の願いは、できればかなえてやりたい。味方になりたいとも思う。

だが、辻沢の子を始末した直後の多重子にそうした話を持ちこむのは、ひどく残酷で無神経なふるまいだった。

また、多重子と辻沢の関係を、達朗は知らない。そのうえ、さらに多重子の中絶のこともぜったいに伏せておく必要がある。達朗をそこまであざむいて、この話を進めていいのだろうか、貴代子はそれにも迷う。

問題はまだ残っていた。

万が一、多重子が達朗の申し入れにうなずき、結婚を前提とした交際をはじめたとしたなら、トミ子は黙って引きさがっているだろうか。

すでにトミ子は、達朗が貴代子に相談をした段階で、猛反対した。荒れ狂った。

最悪の事態が生じないともかぎらない。

それはトミ子が達朗に、多重子と辻沢の関係を暴露することだった。

考えあぐねた貴代子は、翌日の晩、書斎にいる辻沢を訪ねた。

「多重子さん次第だろうね、達朗くんへの返事は」

辻沢は他人事《ひとごと》のようにあっさりとそう述べた。

トミ子の反応を心配している、という貴代子の説明にも、辻沢は動じなかった。

「そのときはトミさんを嘘つきにするしかないだろうね。わたしときみと多重子さんが口うらをあわせて、中絶のことはトミさんの悪質な中傷だと言い張るしかない」

机の前の黒革の椅子にこちらに背をむけて腰かけていた辻沢は、貴代子とのやりとりのあいだ、一度も振り返って妻を見ようとはしなかった。

数日後、貴代子は多重子を寝室に呼びつけた。

相手の反応を気づかいながら、達朗の気持を伝えた。相談されたのは二ヵ月前というところを強調した。

多重子は、おそらく達朗の想いをそれとなく察していたのか、トミ子から聞かされていたのだろう。驚きはしなかった。

無表情に答えた。

「奥さまはどう思われますか」

「達朗には幸せになってもらいたいわ。彼を信頼してもいるの。だから達朗の選んだ女性はまちがいがないでしょう」

「達朗さんの今回の選択はまちがいではないのでしょうか」

「そうかしら。達朗もあなたも、やり直せる人たちだと私は信じているの」

「トミさんはこの話はご存じなのですか」

その言葉から、トミ子が口をつぐんでいたのを知った。この一件は激しい抗議と泣き落として、あの日のうちに貴代子を意のままにできたとトミ子はタカをくっているらしい。

「トミさんは達朗と私の会話を立ち聞きしてしまったわ。多重子さんを手放したくない一念で反対しているけれど、これはね、あなた自身が決めること。トミさんについては気にしないで」

「でも……」

「ご返事はいつもらえるかしら」

「奥さま、ちょっと待ってください」

多重子の無表情がくずれ、その下から泣きだしそうな顔があらわれた。

「達朗さんは本当の私を知りません。でも実際の私は……、それを奥さまはよくご存じなのに、なぜ――」

多重子にそれ以上言わせたくはない。

貴代子は途中でさえぎった。

「すまないと思っているの。あなたの体も心も今回のことで相当に傷ついたでしょう。でも、多重子さんの心は腐ってはいない。あなたをそんな状況に追いこんだのは、私とトミさんよ。私たちが、あなたをそう仕向けてしまったの。でも、まだやり直せるはずだし、やり直さなくちゃいけないの。わかるでしょ？　あなたはまだ二十六なのよ。たくさんの未来があるのよ――」

不思議だった。

言葉が次々と勢いよくほとばしってくる。

ここ一連の出来事の中で、貴代子はこれまでになく自分の感情や考えを吐きだした。吐きだされずにはいられなかった。

何もかもトミ子にまかせていたときとは違って、自分の言葉でしゃべっている。まだ思っていることの半分しか口にはできなかったけれど、これまでは考えられない積極性だった。今、貴代子の目前では、こらえきれなくなったように、多重子が泣きだしていた。

6

「ハラモト」に夏子の姿はなかった。

おとといから東京に出張し、きょうの夕方か夜にはもどってくる予定だ、と夏子の片腕として働いている三十代も後半、あるいは四十代にさしかかっているかもしれない女性は、丁《てい》重《ちょう》な物腰で申し訳なさそうに告げた。

「そう。それじゃあ、また、あらためて出直します」

「あのう、何かオーナーにお言伝《ことづて》でも……」

「いえ。例によって気まぐれに寄ってみただけですので」

「恐れ入ります」

いつもながらに、感じのよい彼女の応対に、貴代子の気持は、つかのま柔らかさを取りもどした。まったくの赤の他人との他愛ないやりとりが、こんなにも素直に心に流れこんでくるのが、不思議でもあった。

店をあとにした貴代子は、歩いて五分ほどの前崎の会社の入っているビルへむかいはじめた。

十月の午後のくもり空の下、貴代子の顔半分は大きなサングラスでかくされていた。相手からは、こちらの視線の位置が読み取れない色の濃いサングラスだった。家をでるときから、かけたままになっている。薄いニットのワンピースと丈の長いカーディガンのアンサンブルも黒、襟もとからのぞかせたスカーフとローヒールの靴、セカンドバッグは焦茶色、それも黒に近いくすんだ色合いだった。

前崎にも事前に電話はしていない。

ただ無性にそとの空気が吸いたくなり、タクシーを呼んで大通り公園まできてもらった。公園のベンチで小一時間ばかりすごし、それから「ハラモト」に足をむけた。

気分は重く沈んでいた。しきりと何かにおびえ、その正体を探ろうとしても、あいまいでつかみどころがない。

多重子の妊娠をめぐる一連のことに、神経がまいっているのは感じていた。けれど具体的に、だれの、どんな態度や言葉が神経に刺さったのかは、はっきりしない。

しいていうなら、あの一件以来、家の中に漂っているそれぞれの沈黙のにごりとその臭気が、小刻みに貴代子を圧迫しているのかもしれなかった。無言のうちに非難されている心地がした。

だれよりももっとも騒ぎ立て、多重子、辻沢、トミ子のいずれにも不必要な揺さぶりをかけ、それでいて結局はひとつも現状を変えるにいたらなかった貴代子の無力さだけがあばかれた。

ゆらゆらと足もとがさだまらない歩調で路上を進みながら、貴代子は胸の中で冷ややかに自分に問いかける。

一体、あの家は、だれのためのものなのだろう。

もしかすると自分が死んだあとも、その位牌《いはい》さえあれば、残された者は円満に、むつまじく生活を営んでゆくのかもしれない。

修平にしても、母親である自分になつくよりも、トミ子か多重子のどちらかがそばにいさえすれば十分に満足しきっている。

辻沢も同様だろう。形ばかりの夫婦生活に不満がないはずはなく、だからこそ多重子との関係が生じた。父の会社での地位さえ保証されれば、いつだってあの家からでてゆきたいのではないのか。

そしてトミ子は……そう考えて、貴代子は途中で想像するのをやめようとした。やめようとはしたけれど、なぜかそれはしたたかな力でわきあがってきた。

かつてのトミ子とは違って、現在の彼女は、いや彼女こそ、貴代子の位牌を望んでいるいちばんの人間かもしれない。

今のトミ子は、自分にさからう貴代子に手こずるあまり、かつて自分の意のままになっていた貴代子の思い出だけにしがみついているのではないだろうか。それが昂《こう》じた挙句は、生身の貴代子は必要ではなくなる。楽しかった思い出だけを支えに、むしろ、すっきりと生きてゆける。

唐突な考えに、貴代子はたじろいだ。思わず立ちすくむ。

けれど次の瞬間には、そのとっぴな空想に、妙に心安らかな、甘やいだ感情をいだいていた。不安定にざわめいていた神経が、いっとき奇妙に鎮《しず》まった。サングラスがはずせた。街路樹の葉が、うっすらと紅葉している美しさに、しばし目を休めさせ、ふたたび貴代子は視界を暗くする。

くもり空の下で、ひどく目立つサングラスだった。

ほぼ二ヵ月ぶりに会った前崎は、リサーチ会社の彼の個室にあらわれた貴代子を、いつもどおりに快く迎えた。見馴れた白のポロシャツにモスグリーンのVネックのセーターのラフな服装だった。

応接セットのソファに浅く腰かけながら、貴代子は問いかけられる前に嘘の弁解をした。

「ごめんなさい、サングラスをかけたままで。目が充血していて、とても見せられない有様なの」

前崎は問い返さなかった。机の前の茶色いなめし革の椅子にすわり、なんということもなく椅子を左右に回転させつづけた。

「修平は元気でやっているか」

「ええ」

「きみ、少し痩せたみたいだな。頬の肉が落ちてしまった。化粧をしているわりには顔色もよくない」

そうかしら、と聞き流した貴代子に、前崎はやや言いにくそうに口ごもりながらたずねる。

「家のほうは落ち着いているのか。そのう、ダンナともうまくいっているというか……」

「おかげさまで」

「本当か？　おれには正直に言ってかまわないんだぞ」

貴代子は無理に笑いを浮かべた。

「おかしな言い方ね」

反対に前崎は顔つきを引きしめた。

「単なるおれの勘違いか見まちがいならいいんだが、じつは、きみのダンナと家庭教師の、ええと、多重子さんとかいう人を、偶然、車の中から見かけたんだ……それが郊外の人目につかない産婦人科の病院からふたりで荷物を持ってでてくるところで、つまり、どう言えばいいか、そのう、ダンナが彼女を抱きかかえるというか、かなり親密な間柄のようだったものので、おれもなんとなく気になって……先月の末のことだが」

自分も承知のこと、そうそくざに返事をして、はぐらかす機会をのがしてしまった。

頭が混乱しすぎていた。

貴代子が、多重子に辻沢の子をうませたいと深夜の書斎で言ったとき、彼の返答はそっけなかった。自分たちの関係には愛情など介入していないとも断言した。

多重子にしても、辻沢とのあいだには情緒めいたものはないと言いきっていたではないか。

前崎の話からすると、辻沢は多重子が退院するのをわざわざ迎えにいったことになる。あの日、彼女が家に帰ってきたのは、午後の早い時間だったと記憶を引き寄せてくる。

「あなたが辻沢らしき男性を病院前で見かけたのは何時頃かしら」

「正午になるかならないうちだった」

「そんなに親密そうだったの」

「仲のよい齢《とし》のはなれた夫婦という感じだ」

前崎の印象を信じるとするなら、それは貴代子がそれまで目にしたこともないふたりの姿だった。

ふたりは口うらをあわせていただけだったのだろうか。貴代子の気持を気づかって、たがいに相手に特別な関心はないふうを装っていたのか。

あるいは辻沢がかろうじて示した、めったにない多重子へのいたわりの光景を、前崎が奇しくも目撃しただけなのか。

が、貴代子はふいに、まったく別のことに思いいたった。

「あなたは辻沢も多重子さんの顔もご存じないはずでしょう。だのに、どうしてそのふたりを……」

前崎が困ったように目もとをゆがめた。

「いや、おれはきみには黙っていたが、ふたりの顔はよく知っている。つまり、きみや修平の身辺を、この五年間それとなく見守っていたというか……修平の春の運動会にもこっそりでかけていった。すまない」

そうであるのなら、前崎は見まちがえるはずはないだろう。

しかし意外だった。今の言葉からすると、前崎は相当に修平のことが気がかりらしい。離婚から五年、彼がいまだに再婚もせずにいるのは、単に仕事の多忙さにかまけてと思っていたのだが、彼なりにふっ切れないものをかかえていたのだろうか。

「今のうちから修平をじつの父親にそれとなく会わせておいては」という辻沢のすすめが思い出されてきた。

前崎がくぐもった口調でたずねた。

「貴代子、怒っているのか」

「いいえ」短く答えてから、思いきって言ってみた。「あなた、修平に会ってみます？」

すぐに返事はなかった。

やがて、うつろな作り笑いをふくませた声が返ってきた。

「そんなことをしたら、家庭円満がぶち壊しになるだろう」

「修平の将来のためにも、そうしたほうがいいのではないかと辻沢にも言われたの」

「……それはトミさんも納得ずくなのか」

またトミ子だった。

まわりの人間は貴代子が想像している以上に、その背後にトミ子がひかえている、彼女の発言力は大きいと、あたまから決めつけているらしい。また実際これまでは、そう思われても仕方がない言動に終始した。貴代子はふた言めには、無自覚につぶやいていた。

「トミさんに相談してみるわ」「トミさんの考えもきいてからにしましょう」

サングラスをかけた顔を、前崎にむけた。

「修平はあなたと私の子供よ。トミさんの指図は受けないわ」

いつになくきつい貴代子の口ぶりに、前崎の目に驚きが走った。

「いいのか、トミさんを無視して。あとでもめるようになるぞ」

「最近はトミさんと私の考えの食い違いが、いろいろとでてきているの。もっと早くにそのことに気がつけばよかったのに、遅すぎたわね」

「うまくいっていないのか、トミさんと」

前崎は表情をくもらせた。思いがけない反応だった。

「貴代子、余計なことかもしれないが、トミさんは、きみにとって大切な人だと、おれは思っている。あれほど全面的にきみの味方になり、きみのためを考えてくれる人はいない。そして、きみにはそういう人が必要なんだ。おれも、結局、トミさんにはかなわなかった。言いたいこと、わかるだろう?」

「……ええ……」

だが心のどこかが、くすぶっていた。

前崎に遠まわしに、はぐらかされた心地がする。

貴代子はバッグをつかみ立ちあがった。

「また寄らせてもらいます。きょうは夕方までに帰宅すると言ってきたので」

「修平に会わせてくれるという話だが、おれとしては、きみの家庭に波風を立たせたくない。もう少し時期を見はからってからにしたいのだが」

すでに波風は立ちはじめていた。だからこそ、前崎と修平を引きあわせたかった。

だが、どのように状況を説明すればよいのか。辻沢と多重子の関係、多重子の妊娠とその顚末《てんまつ》、達朗の多重子への想い。

すべてを打ち明けたにしても、おそらく、いたずらに前崎を心配させるだけだろう。これらの出来事に対して自分の取った行動も、はたして正解だったのか、あるいはただ混乱させたにすぎないのか、貴代子は今となっては、まったく判断がくだせなくなっていた。

自分の無力さにうずくまるように、食事どき以外は寝室に引きこもっていた数日間がすぎた。

心のすみでは、達朗に連絡しなくてはと思いながらも、どうしても気力がわいてこない。達朗にとってはまったくの朗報とは言いがたいが、といって悪い結果でもなく、いくらかの期待は持てそうだった。

貴代子が達朗の気持ちを伝えたあの日、多重子はひとしきり泣いたあと、気を取り直した様子で「考えさせていただきます」と、おだやかにつぶやいたのだ。

だが時間がたつにつれて、貴代子は、本当に達朗と多重子を結びつけてよいものかと疑いだしていた。

また前崎が目撃した「病院の玄関先での親密な雰囲気」が、もしかすると辻沢と多重子がひたかくしにしている別の事実を物語っているとしたなら、貴代子はとんでもないまちがいをおかしていたことになる。

それとも多重子は、そうしたいっさいの事情をふまえたうえで、しんそこから達朗とやり直したいと願っているのだろうか。もし、そうなら、貴代子は精一杯ふたりを応援したかった。

夕食後から雨が降りだしたその夜も、貴代子は寝室でぼんやりと達朗の顔を思い浮かべていた。

階下からは、修平のはしゃいだ大声がひっきりなしにひびいてくる。辻沢は例によって、まだ帰宅していない。

夏休みが終ってからというもの、修平との距離がまたいちだんとへだたったようだった。何事についてもあてにできない母親を残してでかけた多重子とふたりきりの旅行が、修平にはよほど楽しく、充実していたらしい。

以前なら寝室に閉じこもっていると、一日にいっぺんはのぞきにやってきたのに、最近はそれさえもしなくなっている。

幼児の時分はトミ子がかかりっきりで世話を焼き、小学校に入る一年前からは多重子も加わった。

彼女たちがいさえすれば、修平は大満足で、あえて親を必要としない。わがままのし放題であり、怖いもの知らずだった。

わが子ながら、そんな修平を見ていると、貴代子はときとして苛立《いらだ》たしい感情になる。達朗の、けっして物心ともに幸せとはいえなかったらしい幼い頃の環境が想像されてきて、わけもなく修平をたしなめたい衝動にかられる。

前崎に修平を会わせたいと思う気持の底には、容赦ない現実をつきつけ、修平がどう反応するか、それを確かめたい心も働いていた。

というよりもトミ子が丹念に修平に吹きこんできた、辻沢を父とし、貴代子を母とする世界が、どんなふうに壊れてゆくか。そのとき修平は、だれを味方として信じるか。

修平の立場を考えたなら、それは危険なことだった。多分、幼い心をずたずたに傷つけてしまうに違いない。

理性ではそういう自分を恥じながらも、貴代子は、母である自分をうとむのと比例して、どんどんトミ子の側に吸収されてゆく修平を目のあたりにしていると、敵視に近い思いがわきあがってくる。

同時に、この家で、まったくほころびのない自信と、したたかに我《が》を押し通して自分の正しさを疑いもしないのは、修平とトミ子だと、あらためて気づかされる。

壁時計の針が九時をまわり、修平の声は聞こえなくなった。彼を寝かしつけるのはトミ子の役で、赤ん坊の頃からつづいている。

シャワーを浴びるために、ベランダぎわの椅子から鏡台の前に移ったとき、ドアがノックされた。

「多重子です」

立ちあがり、ドアを開ける。

部屋に入るなり多重子は伏目がちに言った。

「先日の達朗さんのお話ですけれど、具体的な結婚のことは別としまして、一応おつきあいさせていただこうと思いますが……」

「まあ、多重子さん」

久しぶりに気持が明るくなった。

「よく決心してくれたのね」

「あの、でも、とりあえずは、ということでして、先のお約束は、とても……」

「ええ、それは、あなたたちふたりの気持次第ですもの。この話、トミさんには？」

「ひと言もしゃべっておりません」

「そう。しばらくは内緒にしておきましょう。でも、私もうれしいわ。達朗もどれだけほっとすることか」

多重子は、しかし、無表情だった。

「奥さま、私、心配しております」

「何を？」

「私のこれまでのことが、もし達朗さんの耳に伝わったとしたら」

「だからトミさんには秘密にしておくのよ。ここさえ押さえておけば、あとは問題はないわ」

「そうでしょうか。トミさんは奥さまの身辺については、とても勘のよい方ですけれど」

多重子が達朗と交際しはじめたなら、当然、外出の回数が多くなる。

トミ子はすかさずそこに不審をいだくだろう。これまでの多重子は、週に三回のカルチャー教室の仕事にでかけていたけれど、それも、九月で契約が切れたという。

また外出のときは、必ず行き先を告げるのが多重子の習慣だった。というより、無断外出は、先輩格のトミ子が承知しない。

トミ子の追及をどうはぐらかすか。

ふいに貴代子は、ひらめいた。思わず口もとがほころぶ。

「ね、多重子さん。こうしたらどうかしら。あなたは夏子に頼まれて、ときどきお店の手伝いに行くの。夏子には、私からお願いしてみるわ。話をあわせて欲しいと」

多重子は不安そうに、急に快活になった貴代子を見つめていた。

そして、どことなく淋しげな表情とはうらはらな言葉を、うつろにつぶやいた。

「そこまで奥さまが私のことを思ってくださって、本当にどうお礼を言っていいのか」

部屋から多重子がでていったあと、貴代子は、さっそく達朗のアパートに電話をかけた。

「おれは断わられると覚悟していたのに」

そう言いながらも、口調はそこはかとない喜びをにじませていた。

「でもね、達朗さん、あまりせっかちにならないで。多重子さんは慎重な性格だから、そのテンポにあわせるようにね」

次に夏子のマンションの部屋の電話番号を押す。

たった今もどったばかりだという夏子に、貴代子は、あすの晩の食事はどうかと誘いをかけた。

「たまにはいいわね。それよりも秋冬物の洋服が入ったので、いつものように、あなたによさそうなのを数点セレクトしておいたわ」

貴代子の説明に、夏子は次々と運ばれてくるタイ料理を片っぱしからたいらげながら黙って耳を傾けつづけた。

貴代子の目の前には、まだ手をつけていない皿や小鉢がずらりと並んでいる。

食欲の旺盛な夏子にあわせて、もっともボリュームのあるコースを注文したのだった。

ホテルの三階にあるその店は、広いスペースにたっぷりとした間隔を置いて円卓が並び、他のテーブルの話し声は、ほとんど聞き取れない。

コースも終りにさしかかり、夏子は貴代子の話を片手で中断させた。

「ごめん。ちょっと注文したい品があるの」

ウェイターを手招きした夏子は、搾菜《ザーサイ》を一皿頼む。

「この店のこれがおいしいの。ほら、たいがいの搾菜は、いわゆる古漬けの感じだけれど、ここのは新漬け、のイメージね。でもタイ料理のメニューに搾菜があるのは、ちょっと妙な気もするけど」

ふたたび箸を手にした夏子に、貴代子もまた説明をはじめる。

飲み物はシャンパンだった。そのグラスにも、貴代子はほとんど手をのばさなかった。どうにかして夏子に協力してもらいたいと、ひたすら言葉をつくしていた。

話が一段落した頃、夏子も料理のあらかたを食べ終えていた。

「おおよその事情はわかったわ」

「そう。で、多重子さんのこと、頼めるかしら」

身を乗りだしてたずねる貴代子に、夏子は不思議そうなまなざしをむけた。

「でも、いまひとつ奇妙ね、いえ、不可解だわ。そこまで貴代子が肩入れするなんて。あなたらしくもない感じ。貴代子にもそういう一面があったのね」

「たったひとりきりの弟のためですもの」

「だから突然に弟さんが大事になったというのが、わかるようで、わからないし、それよりも、トミさんをなぜ邪魔者扱いにするのか。彼女はあなたの、いわば生活の一部のような存在だったじゃないの」

トミ子については簡単な説明ですませていた。

彼女はふたりの結婚に反対している。

ごく利己的な理由から、自分の助手みたいに多重子を手もとに置きたがり、その思いこみは激しい。

そのため、多重子と達朗が交際していると判明したなら、どんな妨害をするか予測もつかないため、トミ子には、あくまでも内密にしておく必要がある。

「それにしてもよ」

夏子は納得のゆかない表情で問いただしてきた。

「トミさんの反対する理由はまったくの自分勝手で理不尽《りふじん》なのだから、そう説得すればいいでしょ。内緒にしておくほうが、おかしいわ。妨害するといっても、トミさんに何ができるというの？ あなたの考えは少しおおげさすぎると思うわ」

「トミさんには極端なところがあるの」

「たとえそうだとしても、ちゃんと話しあえばトミさんだって反対はしないわよ。多重子さんのかわりに、新しい人を入れるとか、方法は、いくらでもあるじゃないの」

夏子が言うことも、もっともだった。

だが、それは一般的な話であり、トミ子には通用しない。トミ子の願望は一途《いちず》に多重子を自分の領域に引きこみ、ほとんど自分と同化させることだった。

その夢は、多重子の性格だからこそ可能であり、他の人間と交換はできない。そうトミ子は見きわめてもいるに違いない。

しかし、そうした入り組んだ内情や心理を、どうすれば夏子にのみこんでもらえるのか。貴代子は言葉に窮《きゅう》した。

夏子はかまわずに言いつづける。

「今の話、正直なところ、あまり気分はよくないわね。あれだけ、あなたのためを思っているトミさんをないがしろにするなんて、いささか意地悪な印象を受けるわ」

それから夏子は心の中を探るように鋭い視線になった。

「貴代子、あなた何かをかくしているのじゃない？　どうもかんじんな部分があいまいで、ピンとこないわ」

多重子と達朗のためには、どうしても夏子の助けは欠かせなかった。

しばらく判断に苦しみ、貴代子は思いきって言ってみた。

「夏子、もう少し私につきあってもらえるかしら」

「いいわよ。覚悟はしてきたわ。あなたから食事に誘うなんて珍しいことだから、お店にはもうもどらないと言ってきてあるの」

「ごめんなさい」

一階のバーに移ることにした。貴代子の目の前に並んだ料理は手つかずの状態になっていた。

数十分後、バーのカウンターの席で、夏子は深々とため息をついた。

「なるほどねえ。前崎さんからうっすらとは聞いていたけれど、あの当時よりずっとエスカレートしているのね。トミさんのその思いというのは、すさまじい執念ね」

「私が悪いのよ。もとはといえば、トミさんの言いなりで、ここまできてしまって」

「そうよ。トミさんからすれば、なぜ急にあなたが反抗的になったのか、きっとひそかに哀しんでいるかもしれない」

仕方がなかった。

実際、三十五歳になるまで、ぼんやりと生きてきた。

夏子がさらに核心に迫った。

「で、さっきの話にもどるけど、トミさんの妨害をそれだけ恐れるには根拠があるのでしょ。この際、全部言ってみたら」

「でも、きっとあなたは、あきれはてると思うの」

「ま、見くびらないでよ」

あでやかに夏子は笑った。

「この夏子さんが目を丸くしてびっくりするような話は、もはや、めったにないのだから。本当よ」

そうなのだろうか、貴代子の気持はやや軽くなった。辻沢と多重子のような関係は、世間にはざらにある、そう考えてもいいのか。

しかし、しばらくののち、貴代子が洗いざらい打ち明け終ったとき、夏子はけわしい表情で黙りこんでしまった。やはり、刺激は強すぎたらしい。多重子の妊娠と中絶、そのときのトミ子の言動や貴代子の気持を語るほどに、夏子の表情は固くなっていった。

やがて口を開くと、夏子は腹立たしげに吐きすてた。

「まったく、どういう家なの。まいっちゃうわね。一体、だれが加害者で、だれが被害者なのか、いえ、だれがそんな家庭にしてしまったのよ」

貴代子はじっとカクテルの赤い色を見つめているしかなかった。

夏子の言う通りだろう。

だれが、こういう家庭にしてしまったのか。

貴代子は漠然と胸の中で答える、おそらく私とトミさんだろう。私の意志を持たないだらしのなさと、トミさんの私への愛情の深さが。

「わかったわ」

夏子がきっぱりと言った。

「親友として、できるだけの力になるわ。あなたがどうすればいいのか、私なりに智恵をしぼってみる。唯一はっきりしているのは、貴代子、このままではいけない。うまく表現できないけど、とにかく、あなたも、あなたの家庭も、このままじゃいけないのよ」


修平はすでにベッドの中だろう。時刻は九時をすぎていた。

玄関のチャイムを押さずに、合鍵を使って家に入る。

居間のドアに手をふれたとき、ぼそぼそとした話し声が聞こえてきた。

「そりゃあ、奥さまはむずかしい年頃だった。でもね、私にだけは、とってもなついてくれて、亡くなられた先の奥さまなんかは、トミさん、あの子はあなたにまかせるわ、ともう私に責任を押しつけちゃって」

「大変だったんですね」

「いえ、大変ということもなかった。私と奥さまの相性がよかったからね。それに、私はこういう人間だから、ただ、ただ奥さまを可愛がるしかなくて。まあ、その気持が通じたんだろうね。親御さんには言わないことでも、この私にだけはしゃべってくれて」

トミ子の口調は楽しそうだった。多重子を相手に、自慢話を心おきなく語っていた。

ドアの前にたたずみ、ふいに貴代子は胸がしめつけられた。

トミ子がこれまで自分にそそいでくれた愛情は、まっさらなものだった。素朴に、ひたむきに自分のためだけを思って生きてきた、トミ子のこの二十二年間。

それは疑いようがない。打算など、これっぽっちもなく、ただ貴代子を守ることだけに専念してきた。けれど、どこかで歯車が狂った。

貴代子は哀しかった。じつの母を見捨ててしまうようなつらさをおぼえた。

7

今年の初雪は、昨年と同じく十一月の第一週にふった。

かつて札幌の初雪は十月の下旬であったのが、ここ数年は十一月にずれこんでいる。

近郊の山々は、これまでどおりに十月のなかばにはうっすらと雪化粧におおわれるけれど、平地の人家の庭先は、まだ紅葉の名残りをとどめ、気温も生あたたかい。

これも以前は考えられないことだった。十月初めからの紅葉の時期と、初雪までのあいだが、少しずつ長くなっている。

目ざめたときは、庭いちめんをおおっていた初雪も、数時間後には、まぶしい陽ざしで跡かたもなく消えてしまったその日の午前中、貴代子は居間のソファに腰かけ、トミ子と多重子を前にしていた。

「――というわけで、夏子がお店のオーナーになってから何かと忙しくて、人手が足りないらしいの。でも、そうすぐに帳簿までまかせられる人は見つからないでしょ？　それで多重子さんにときどきお手伝いにお店にきてもらえないかと頼まれたの。どうかしら、多重子さん、私からもお願いするわ」

慎重な返事がもどってきた。

「はい、私でよろしいのなら、できるだけ。でも、そのぶんトミさんに負担がかかりそうで」

「そうなの。だから、こうしてトミさんにも相談しているの」

トミ子はあきらかにおもしろくなさそうな顔つきだった。

「夏子さんもずいぶん虫のいい頼みごとを持ちかけるんですね。人手不足とかなんとか言って、そのうちこの家から多重子さんを引き抜くつもりじゃないんですか」

「トミさん、夏子はそういう人ではないわよ。多重子さんにも、しかるべきパート代は払うと言っているし」

貴代子は、にこやかさを心がけた。なるべく下手《したで》な物言いで、トミ子の機嫌をそこねまいとした。

「それで、多重子さんはいつまでお店の手伝いをするんですか？」

トミ子の質問に、貴代子はとっさに嘘をつく。

「きっと二、三ヵ月ぐらいだと思うの」

「年末年始のちょうどこっちも忙しい時期じゃないですか。大掃除とか、お歳暮の手配とか、修平ちゃんも冬休みに入りますし」

難癖《なんくせ》をつけて、婉曲《えんきょく》に反対の気持をあらわすトミ子に対し、貴代子はおだやかに説得につとめた。

大掃除は毎年しかるべき業者の人々にきてもらい、天井から壁掃除まで二、三日で終了する。トミ子が直接手をくだす必要は、なかったはずだった。

また、夏子は多重子に頼みたい仕事は週に一回程度、しかも半日もかからないと約束してくれている。だから、この家でのこまごまとした雑用をする支障にはならないはずだ。

貴代子のかんでふくめるような説明に、トミ子は、つかのま、くやしそうに口をつぐむ。

「じゃあ、ふたりとも承知してくれたわね。ありがとう。さっそく夏子に連絡しておきます」

その場から多重子が立ち去ったあと、トミ子は声をひそめて抗議した。

「奥さま、困りますよ。私たちの仕事の分担は私なりに予定を立てているのに、これじゃあ、めちゃくちゃになってしまうじゃありませんか。どうして私に先にひとこと言っておいてくれなかったんですか」

貴代子はそくざに謝った。

「そうだったわね。これからは気をつけるわ」

「もうひとつ申しあげますが、けじめをきちんとしてくださいな。多重子さんを夏子さんに又貸《またが》しするなんて。あの人はこの家に雇われているのですからね」

貴代子は黙ってうなずいた。

二日後の夕食どき、さっそく夏子から多重子に電話がかかってきた。あさっての土曜日の午後にきてもらえないかという。

達朗の職場は土・日曜日が休みだった。

もちろん多重子は即答する前に、受話器を片手でふさぎ、トミ子の許可を受けた。そばで見ていた貴代子は、順調にゆきそうだ、と安堵《あんど》すると同時に、多重子の落ち着いた対応、いや演技力に感心してもいた。

翌週、貴代子は夏子に礼を述べるために「ハラモト」にでかけて行った。選《よ》り分けてあるという秋冬物の洋服も引き取らなくてはならない。

シャッターをあげたばかりの、もうじき正午になる時間のためか、店に客はいなかった。

夏子は営業用の愛想のよさを振りまきながら貴代子を迎え、さっそく奥のサロン・スペースにつれてゆく。

「このお洋服は去年うちで買っていただいたものね。やっぱり貴代子はシンプルなデザインが似合うわ」

夏子が目を細めて眺め入ったそれは、深いグリーンのウールのワンピースだった。袖ぐちと丸襟の部分に二センチほどの同色の模造毛皮があしらわれている。

「これ、みなさんで召しあがって」

ケーキの箱をテーブルの上に差しだし、貴代子はソファに腰かけた。

さっそく店の女性がラックにさげた数点の洋服を持ってくる。別の女性はコーヒーを運んできた。

夏子は商売の意気ごみのときに見せる独得の目の輝きで身をのりだす。

「去年はダークグリーンでまとめたので、今年はベーシックな黒と白をメインに選んでみたの。ポイントは素材。かなり上等なウールやシルクを使っているわ」

アシスタントの女性が一枚ずつラックからはずして広げたそれに、貴代子は気のない視線を走らせる。スーツとワンピース、あわせて五点あった。どの服に対しても、貴代子は同じ反応を返す。

「いいわね。いただくわ」

買い物はすぐに終った。

女性たちが売り場へもどって行ったあと、あらためて夏子に感謝の気持を伝える。

「多重子さんのこと、本当にありがとう」

夏子の表情から華やいだほほえみがはがれ落ちた。

「私もきょうあたり、あなたに電話しようと思っていたところだったの」

椅子の上で姿勢をただし、夏子はさらに身をかがめ、小声になった。

おとといの午後早くに、いきなりトミ子が店にやってきたのだという。

トミ子は「近くまできたついでに」と言っていたけれど、夏子は身がまえた。トミ子は、これまでいっぺんも「ハラモト」に姿をあらわしたことがない。

とりあえず夏子は、このサロンに案内し、緑茶でもてなした。トミ子はしばらく店のゴージャスさに圧倒されたように、居心地の悪そうな様子だったが、やがて、多重子の名前を口にした。

多重子のこの店での手伝いの内容、どのくらいの期間にわたってふいの呼びだしがあるのか、時間給いくらなのか、そういったことを、こと細かくたずねた。

「で、三十分ぐらいで帰って行ったけれど、あれは、あきらかに探りにきたのよ。私に質問しながら、じいっとこちらを観察していたもの。しかし、すごいわねえ。貴代子から事情を聞いていたから、こっちも必死でボロをださないように取りつくろっていたけど、あの気迫には、いささかたじろいだわ」

　貴代子も気がめいった。

　トミ子の嗅覚は、一体どこから、何を嗅ぎつけたのか、空恐ろしい気持にもなる。

「それでね」

　ふたたび夏子が口をきった。

「トミさんがきた日の夕方、前崎さんがふらりと遊びにあらわれて、そこに偶然、城岡も立ち寄って、私、トミさんの出現にうろたえていたもので、つい、ふたりにしゃべっちゃったのよ、多重子さんと達朗さんのこと……ごめん」

　いや、心のどこかで、うっすらとそれを期待していたのかもしれない、と貴代子は運ばれてきたコーヒーカップに手をのばしながら思った。夏子に話せば、いずれ前崎にももれてしまうだろう。自分からは、とうてい打ち明けられない事柄を、夏子を通して前崎に知ってもらいたい、そう願わなかったとは断言できなかった。

「あのふたりもびっくりしてたわ。特に前崎さんなんて頭をかかえこんじゃって、とても、つらそうだった。彼は実際にトミさんと五年間も生活していたから、彼女の思いこみの激しさと、それがエスカレートしてきた過程が、なんとなく想像できると言ってたわ、トミさんにとっては、とにかく貴代子がすべてなんだって」

「悪い人でないのは確かなの。私のためを思って、そして心配でならなくて……」

「三人で話したときも同じ結論よ。だからこそ困ってしまうのよね。善意と信じて疑わないのだから、トミさんは。ね、貴代子、思いきってトミさんと話しあってみたら？　それがいちばんというのが、私と城岡の一致した意見なの」

「前崎は？」

「彼、暗い顔して何も言わないのよ」

おそらく前崎も、トミ子には理屈など通用しないことを、五年の日々のなかで、いやというほど体験してきたに違いない。

トミ子にとっては、言葉は「頭のいい人たちの、心のこもらない上っつらだけの処世の道具」だった。

トミ子は、十代の頃の貴代子にくり返し言い聞かせていた。

「言葉なんて、私は信用しませんね。子供を亡くしたときだって、まわりは、さも同情するようなこと言って、それでいて、かげにまわっては、母親の不注意で子供を死なせたって悪口を言ってるんですよ。でもね、お医者さんだって子供の病気を治せなかったのに、この私はどうすればよかったんですか」

「酒乱の亭主もそうでしたよ。素面《しらふ》のときは、ちゃんと働く、お前に苦労ばかりかけて、なんて、しおらしく言っていながら、お酒が入ると、全部忘れて、私を殴ったり蹴ったり。貴代子さんも、口のうまい人には、くれぐれも用心するにこしたことはありませんよ。本当の真心《まごころ》は、口で言わなくても、相手に伝わるもんですからね」

そしてトミ子は自分の内側からも、可能なかぎり理屈や言葉を追いだし、しりぞけた。行動のなかにこそ真心は語られる、これはトミ子の一貫した強い信念になっていた。

「とにかく話しあいは大切よ」

夏子は何回となく強調した。

「そうね」

適当にはぐらかすしかなかった。

話しあいをしても無駄、そう答えたなら、夏子は説明を迫ってくるだろう。けれど、そうする気力が、今の貴代子には失われていた。

漫然とながらトミ子のこれからの出方が不気味に感じられて仕方がない。夏子に会い、トミ子の動物的な勘はどう働いたのだろう。自分たちの嘘を見破ったのか、あるいは夏子のそつのない対応にだまされたのか。

貴代子は、しかし、トミ子は疑いを深めた、と確信せざるをえなかった。

なぜなら、夏子は多分、営業用の笑《え》みをはりつけた表情でトミ子の質問に答えたと思うからだ。さほど親しくない相手には、夏子はつねにそうする。

だが、そういう言動を、トミ子は何よりも嫌悪する。見えすいた、おべんちゃら、と受けとる。

その瞬間、相手への不信感がトミ子の胸の中で、またたくまにふくらむのだから。

夏子から話を聞いて以来、貴代子は、できるだけトミ子と多重子のやりとりやその態度に、それとなく注意を払うようになった。

が、ふたりのあいだに険悪な気配は認められず、むしろ以前よりトミ子が多重子をかばっているように見受けられた。

「病みあがりなんだから」

そうトミ子は言って、力仕事は多重子にさせようとはしない。

また、あるときは多重子がうれしそうに貴代子にウールの膝かけを見せた。

「これ、トミさんからのプレゼントなんですよ。足腰が冷えるといけないからと」

どうやらトミ子なりに、多重子の中絶後の健康を案じているらしかった。

予想に反して、トミ子は夏子に見事にまるめこまれたようだ、と貴代子は胸を撫《な》でおろした。

その週も、多重子は夏子の手伝いにでかけたし、次の週の日曜日もでかけて行った。

べつだんトミ子は不機嫌な顔もせずに、多重子を送りだした。

ベランダのそとに羽毛のような白くて軽やかなものが散らついている夕刻、貴代子の専用の電話が鳴った。

階下からは香ばしいシチューの匂いが漂ってきていた。

「はい」と受話器を手にする。

「わたしだ」

とっさに面食らい、数秒後に辻沢だと判明した。ここしばらく彼とはろくに顔を合わせてはいなかった。

「あなた、どうなさいました?」

「だらしのない話だが、電話のほうが少し楽にしゃべれるものだから」

「ええ、それで」

「さっき、きみのお父さん、いや、社長から命令されて、長期出張に行かされることになった」

「長期出張? またずいぶんと突然ですのね。日数はどのくらいですか」

「さあ、どのくらいなのか。博多の支社だ」

「おかしな話ですこと、期間が決められていないなんて。あなた、父におたずねにならなかったのですか」

辻沢はつかのま沈黙した。

「あなた、聞こえてますか」

「ああ。社長はたいそうご立腹で、それで、わたしをきみのところに置いとけないと。まあ、身からでた錆《さび》だ」

「おっしゃっている意味がわかりません」

「そうか。やはり、きみではないのだな」

それから辻沢は、貴代子の父に、多重子との関係を知られ、妊娠させ中絶にいたった経緯《けいい》がすべて知られたと語った。

社長室で父は辻沢を怒鳴りつけたという。

「前の亭主にしろ、お前にしろ、どいつもこいつも娘に恥をかかせ、わたしは許さんぞ」

辻沢に釈明の余地はなかった。そのくらい父はくわしい情報をつかんでいた。

話を聞いて、貴代子は激しく狼狽した。

「父はだれからそのことを?」

「わからない」

「あなた、父にこれから電話してみます。あなただけが非難される筋あいはないのですから、私から誤解をといてもらうように——」

「待ちなさい」

弱々しい辻沢の声だった。

「ちょうどいい機会かもしれない。わたしも九州に行って、いろいろと考えてみる。修平とはなれるのはつらいが」

「そうですわ、あなた。修平がどれだけ淋しがることか」

「ありがとう。きみがそう言ってくれてうれしいよ。ただ約束して欲しい。事を荒立てないでもらいたい。社長にも何も言わずに。いいね、頼んだよ」

電話が切れた。

貴代子は怒りに体がふるえた。

辻沢は悪くはなかった。

妻である自分も黙認していた。

なぜ辻沢だけが、そんな目にあわなくてはならないのか。たとえ名目上だけの夫であろうとも、彼は十分によくしてくれた。修平にはりっぱな父親だった。

辻沢に念を押されたけれど、貴代子はこのまま引き下がる気持にはなれなかった。彼だけを犠牲にはできない。してはならない。

会社に電話をかけ、社長室につないでもらうあいだも、ふるえはとまらなかった。

「はい、わたしだ」

「お父さま、貴代子です。辻沢から出張のことを聞きました。お願いです。撤回して下さい。辻沢はこの家に必要な人なのです。修平のためにも」

「これは社長命令だ。私情は、はさめん」

「お願いです。彼の今回の件は、妻の私も承知のことで、私も共犯ということになります」

「貴代子」

英太郎は父親の口調になった。

「辻沢をそんなふうにかばうな。お前にはすまないことをした。あいつならまじめで誠実な夫になるだろうと考えたわたしの読みが甘かった」

「違うのです、お父さま。辻沢は誠実な夫なのです」

「ばかを言うのじゃない。どこが誠実だ。住みこみの若い女を手ごめにした男など、わたしは許さん」

「そんな手ごめなんて……だれがお父さまに言ったのですか。私の話も聞いて下さい」

「なるほど。この時間なら辻沢は会社にいるな。そうか、あいつは電話でお前に泣きついたのか。まったく、どこまで女々しいやつなのか。貴代子、電話を切るぞ」

「待って、待って、待って下さい」

けれど乱暴な音とともに、通話は断ち切られた。

貴代子は頬に冷たい感触をおぼえ、指先でふれてみると、それは涙だった。電話をかけながら、いつのまにか泣いていたらしい。

怒りからなのか、くやしさなのか、辻沢に申し訳なく思う気持からなのか、自分でもわからなかった。

鏡台の前に立ち、顔を直してから、一階におりてゆく。

キッチンではトミ子が立ち働き、食事用のテーブルには修平と多重子がノートを広げて並んですわっていた。宿題をやっているようだ。

貴代子は感情を押しころした口調で、ふたりの女を呼んだ。

「今すぐ私の寝室にきてもらいたいの」

トミ子は振り返らずに答えた。

「手がはなせませんから、あとにして下さいな」

多重子は顔をあげた。

「すみません。もう少しで終りますので」

思わず貴代子は鋭く叫んでいた。

「今すぐと言ってるでしょう」


辻沢との電話での会話をありのままにトミ子と多重子に伝えた。

話の途中から、多重子の顔は強張《こわば》り、次第に生気を失っていった。

トミ子は平然としていた。その表情は何の変化もあらわさない。

その反応から、こういう事態を前もって覚悟していたのはトミ子だろうと、貴代子は絶望的な思いで、目の前の骨張ったいかついい体型と浅黒い肌を見つめた。

多重子を修平のもとに返し、トミ子とふたりきりになったとたん、貴代子は自制心を忘れた。

「自分のしたことの重大さをわかっているの？　ひとりの人間の将来を奪い取り、台なしにし、いえ、この家のすべてを壊すことになるのよ。修平にも影響が及ぶのよ。多重子さんまで傷つけたのよ」

貴代子は立ったまま、わめき散らした。

ほとんどトミ子を憎んでいた。

反対にトミ子は自信たっぷりなまなざしで、貴代子のいつにない狂態を根気よく見守りつづけた。とめもしなければ、口もはさまなかった。

ほぼ三十分近く、貴代子はトミ子を責め、やがて、疲れきって椅子に腰をおろした。椅子の背に片腕をのせ、額を押し当てる。

「もう気がすみましたか」

トミ子が余裕にみちた口調で声をかけた。

「奥さまが私に腹を立てても仕方がないと思ってました。でも早いとこ手を打たなければ、辻沢さんは、この家の疫病神《やくびょうがみ》になりますから」

最初は辻沢なら貴代子の夫として無難だろうと見なしていた、そうトミ子はつづけた。

だから修平にも、じつの父親だと思わせてきた。

けれど、多重子を妊娠させたことで、評価は変わった。

そうさせないように配慮するのが当然なのに、彼はあまりにも不用心であり、自分の立場をわきまえていない証拠ではないか。

また、多重子が妊娠したと知ったときの貴代子の言動も、危険なものを感じさせた。

辻沢とは形ばかりの夫婦でありながら、彼の子を望むとは、トミ子は考えてもいなかった。

そんなことになれば、面倒な問題をかかえることになってしまう。

「ですから同じようなことが起こらないためには、辻沢さんにこの家をでていってもらうしかないんです。同じ屋根の下で多重子さんと一緒にいれば、またむし返すかもしれませんからね」

「考えすぎよ、それは。彼をもっと信じてあげて。そして多重子さんも」

額を椅子の背に押し当て、目をつぶったまま、貴代子は力なく反論した。

「奥さま、男と女の仲はわからないものです。私だって酒乱の亭主と別れよう、別れようとしながら、なかなかそうできなかったんです」

「トミさんはそうだったかもしれない。でも彼は違うわ」

「奥さま」

勝ち誇った口調だった。

「こんなことまでお耳に入れたくなかったんですけど、奥さまがそこまで辻沢さんの肩を持つのなら申しあげましょう。退院して、しばらくたった頃、多重子さんをホテルに呼びだそうとしたんです、辻沢さんは」

「まさか……きっと多重子さんに謝ろうと」

「それならホテルでなくてもいいじゃありませんか」

「彼も言いぶんがあると思う……」

「多重子さんに相談されて、私は、そんなのは、すっぽかせばいいと。多重子さんはその通りにして、ホテルにはいきませんでしたけど」

貴代子の頭に前崎から教えられたことがよみがえってきた。

退院する多重子を迎えに行ったらしい辻沢、しかも、かなり親密な雰囲気だった——。

「奥さま、もうよろしいですか。夕食の支度をしなくてはなりませんので」

その声は罪の意識も後悔もない、いたって晴れやかなひびきをおびていた。

貴代子は返事もできないくらいの徒労感に打ちのめされ、椅子にすわりつづけた。

トミ子は最後にはっきりと喜びをふくませた台詞を残して、寝室からでて行った。

「これでこの家は安泰《あんたい》ですよ。奥さま、静かに暮らしてゆきましょう、修平ちゃんと私と多重子さんの四人で。もう、邪魔者はいりません、こりごりです」

前崎の会社の個室で、貴代子は買ってきたブランデーを、ひっきりなしにあおった。

彼の心配そうな視線にはかまわず、何もかも放念してしまおうと、グラスを握っては口に運んでゆく。

そのうち前崎がブランデーの壜を取りあげた。かわりに水の入った大きなグラスを差しだした。

ぶ厚い酔いが、次第に貴代子の思考を麻痺させ、ろれつを怪しくさせはじめた。

気がつくと、夏子と城岡の姿があった。

三人のひそひそ声が、そよ風のように耳に流れこんでくる。

「家に連絡したほうがいいのじゃないか？　もう十時だ」

「トミさんとやりあった直後にとびだしてきたらしいわ」

「いきさつは電話で言った通りだ」

「しかし、またどうして辻沢さんを。トミさんも思いきったことをして」

酔いながらも、貴代子の胸のつらさと哀しさは消えてゆかなかった。いっとき薄められたかと思うと、ふたたび波のように寄せてくる。

上体が不安定に揺れていた。

「貴代子、ソファに横になれ。少し眠るといい」

肩に置かれた前崎の掌が、妙にやさしく感じられ、次の瞬間、貴代子は両掌で顔をおおって号泣していた。

涙がとめどもなくあふれでた。

だれかを責められるのなら、もっと心は救われる。

しかし、どう振り返っても、すべての出発点は自分にあるとしか思えなかった。

辻沢にむけられたトミ子の容赦のない仕打ちと横暴さにしても、自分が彼女を増長させた結果といえる。

自分のこれまでが悔やまれた。といって、今後どうすればいいのか、それも見当がつかない。

夏子がバッグからハンカチを取りだし、貴代子の指のあいだに押しこんできた。

前崎が苦しそうにつぶやいた。

「今さらこんなことを言ってもはじまらないが、おれももっとあのときトミさんに対抗すればよかった、なあ、貴代子。浮気したのは悪かったが、もっと開き直って、あんな簡単に離婚を承知しなければ、どうにかできたかもしれない」

貴代子は泣きやもうとしたが、できなかった。ただ頭を振り、前崎の言葉を否定した。

彼があの当時どれだけ頑張ったにしても、妻である自分にその自覚はなかった。彼の努力に応《こた》えられなかったろう。今よりもはるかにトミ子に依存しきっていた。

ビルの暖房は八時でストップされ、部屋の中はやや肌寒くなってきた。

夏子が場所を移そうと提案する。

だが前崎は、貴代子の取り乱した姿を人目にさらすのは酷だと付けたした。自宅に帰さなくては、と言い張る。

「こういうときだからこそ、貴代子はしっかりとして、まわりに心配をかけてはいけないんだ」

午前零時に近づく頃、ようやく貴代子は興奮状態がおさまった。夏子のハンカチで目もとのしめりをぬぐう。酔ってはいたが、正常な感覚は取りもどしかけている。

前崎の言う通りだった。

自分の感情に溺れていたことを恥じた。

辻沢はもっと最悪な心境におちいっているに違いない。

トミ子にかわって詫《わ》びなくてはならないのは自分だろう。

ソファから立ちあがった貴代子の腕を、前崎が支えた。

「ごめんなさい、みっともない姿を見せて。家に帰ります」

「そうしたらいい。おれが車で送ってゆく」

辻沢の書斎のドアのすきまからは明かりがもれていた。

貴代子は足音をしのばせて寝室に入って着がえると、二階の浴室で熱いシャワーを浴びた。体から少しでもアルコール分を抜かそうとした。

バスローブをまとって寝室に引き返し、汗がしずまったところで夜着とガウンに着がえる。

書斎のドアをノックし、はい、という返事を聞いてからドアを開けた。

辻沢は書架の前に立ち、書物を両手に握りしめていた。足もとに段ボール箱が置かれ、数冊の本の背表紙が見える。博多に持ってゆくつもりだろう。

「いつ発《た》たれるのですか」

「時間がなくてねえ」

意外におだやかな声音だった。

「三日後なんだ」

「あなた、本当に申し訳ありません。父に告げ口をしたのはトミさんでした」

「そうだろうと思っていた。きみが謝る必要はないよ。トミさんも嘘をついたのではないのだし。まあ、きみも健康に注意して、元気でいて下さいよ」

「修平には？」

「一応の話はした。泣きべそをかかれたよ。どうもあの子はまだまだひ弱……」

ふいに辻沢は絶句した。手にした本を見つめ、動作がとまった。

やがて、眉根を寄せ、何かに耐えるようにきつく目を閉じた。

8

年があらたまり、元旦の朝は雪晴れの青空だった。

大晦日の夜半から降りだした雪は日の出とともにやみ、家々の屋根や庭の樹々の枝をおおう純白の雪はやや丸みをおびていて、新年を迎える日にふさわしい清らかさとのどかさに満ちていた。

けれど貴代子にとっては、元旦といっても、きのうがきょうに移っただけのことでしかない。眠れない夜と食欲不振の日がずっとつづいていた。

食欲はまったくなかったけれど、一応、元旦の朝のテーブルにはついた。

食卓は華やかだった。祝い事の場合にだけ使用する黒と赤と金の入りまじった塗り物の皿や小鉢、椀などの食器類に加えて、父のなじみの料亭で、特別に作らせたおせち料理の三段の重箱の中身も、彩り《いろど》あふれる配色になっている。

トミ子が雑煮の椀を運んできたところで、食事ははじまった。

「ほら修平ちゃん、お雑煮のおモチは食べやすいように小さく切ってあるでしょ」

嬉々《きき》としてトミ子は修平の世話を焼いている。多重子はそんなふたりを楽しげに見つめながら箸を動かしてゆく。

辻沢は赴任先の博多から帰ってはこなかった。クリスマスには修平にプレゼントを送ってきたけれど、貴代子への連絡はとだえていた。

あとは時間の問題だろう。辻沢みずから離婚届を郵送してくるか、父がゆさぶりをかけてそうさせるかの違いはあっても、多分、離婚にゆきつく。流れは確実にそちらにむかっている。そして辻沢はおそらく辞表も提出するのではないのか。オーナー社長である英太郎の逆鱗《げきりん》にふれ、その娘と離婚し、なおかつ会社に居すわりつづけるほど彼の神経は図太くはなかった。

だが、そう考えることは貴代子にはつらい。家庭も職もいっぺんに失い、辻沢はこの先どうするのか。できるなら彼に居直ってもらいたかった。他人がどう噂しようと、本社にもどれずとも、定年まで博多支社にしがみつく覚悟を、どうにかして持ってほしい。今年、辻沢は四十一歳になる。その年齢の男が再就職するとしたら、どこが雇ってくれるだろう。

辻沢のまちがいは私と結婚したことだ、貴代子はくり返し自分を責め、胸の中で彼に謝罪しつづけた。それは不眠をまねき、訳もなく神経をおびえさせた。

元旦の朝食は、ほとんど喉《のど》を通らなかった。雑煮の汁だけすすり、おせち料理の和《あ》え物を三口ばかり食べたにすぎない。

しかしトミ子や多重子にそれを気づかれずにすんだ。きょうの彼女たちは緊張していた。この後、父の所に年賀のあいさつに行かなくてはならないため、ふたりの関心は、修平にしっかり朝食をとらせるという、いつもの責任感だけでめいっぱいの状態だった。

二時間後、四人は同じ敷地内にある父の家におもむいた。彼は広い平屋に年配のお手伝いの女性と暮らし、六十六歳の現在では女出入りの激しさもなりをひそめているらしい。

今年は和服を着る気にはなれず、貴代子は父の好む白のスーツを選び、着終ってから軽い自己嫌悪につつまれた。辻沢に対する父の仕打ちに憤《いきどお》りながらも、それとは別に、つい父を喜ばそうとする娘としての気持が働いてしまう。

修平は紺のブレザーと半ズボン、トミ子と多重子はどちらもくすんだ色合いのワンピースだった。まるでお揃いで買ったように、色もデザインもよく似ていたが、貴代子は感想や疑問を口にするのはひかえた。

父は来客をもてなすときの二間つづきの座敷に、床の間を背にしてすわっていた。がっしりとした肩幅を包みこんでいるのは、革と布でこしらえた特製の座椅子の背もたれである。

渋い光沢のある和服姿の彼は、上機嫌で四人を迎えた。

「修平、よくきたな。うむ、また背が伸びたのか」

修平は正座し、何回となくトミ子と多重子に仕込まれたあいさつを述べる。

「おじいさま、新年おめでとうございます。今年もお元気でいてください」

目を細め、相好をくずして父はうなずき返す。

次に貴代子、トミ子、多重子の順であいさつした。いずれにも父は笑顔で応じ、トミ子にはねぎらいの言葉をかけた。これまでにないことだった。

「トミさんは本当によくやってくれる。トミさんがいてくれるおかげで、わたしは安心して娘と孫をまかせられる。今後もよろしく頼みますよ」

トミ子は傍目《はため》にもそれと分るほどに感動していた。瞳をうるませ、両肩をりきませた。

また父は多重子には痛ましげなまなざしをむけた。暗に辻沢との件にふれていた。

「ひとえに、わたしの不徳のいたすところ、多重子さん、かんべんしてください。どうか、貴代子を恨まんでほしい。原因はこのわたしにある」

困惑と恐縮の気持からか、多重子の表情は張り裂けそうなほど緊張し、返事もろくにできない有様だった。

ひとひとおりのあいさつがすみ、英太郎はお年玉の入った祝儀袋を、貴代子を除く三人に手わたし、それで元旦のやりとりは終了した。

辞去しようとすると、貴代子だけが呼びとめられた。

修平とトミ子、多重子が座敷からでてゆくのを待って、父はゆっくりときりだした。

「辻沢から連絡はあるのか」

「いいえ、何も」

「そうか……お前にはすまないことをした。わたしもまだまだ人を見る目ができていないと今回のことで深く反省した」

辻沢と多重子の関係のいきさつを、父に説明しようという意欲は、もはや失《う》せていた。形だけの夫婦であった実態を語ったなら、父の「人を見る目のなさ」をいっそうとがめる結果になりそうだったし、またトミ子が多重子をそそのかし、貴代子も黙認していたと打ち明けても、単なるかばい立てにしか聞こえないだろう。一軒の家の中で、そういう関係が営まれていたこと自体、父を驚愕《きょうがく》させるに違いない。男性関係においてはあれほど大胆、奔放にやってきている夏子でさえ、驚きのあまり、しばし言葉を失ったのだから。

「辻沢の件は、わたしにまかせてもらえるかな」

「ひとつだけお願いがあります。離婚はやむをえないとしても、彼が定年まで博多支社にいられるよう取りはからってもらえませんでしょうか。あるいは、お父さまがじかに彼にそう説得していただくとか」

「辻沢のプライドが許さないだろう。あれは意外とそういうところのある男だ」

「ですから、そこのところをどうか……彼はよい夫であり、修平にとってもよい父親でした。これは事実なのです。彼をみじめな境遇に追いこみたくありません」

父は意外にもあっさりと同意した。

「わたしもできるだけのことはやってみよう」

おだやかなその口調に、一瞬、貴代子は父を見返した。かつてのワンマンさが、信じられないぐらいだった。

「お変わりになりましたのね、お父さま。さっきのトミさんや多重子さんへのお言葉にしても。もちろん私としても、とてもありがたいお心づかいですけれど」

「わたしも齢《とし》だな」

つかのま苦笑し、ふたたび父は顔面を引きしめた。

「達朗のことだが、もし、あいつにその気があるのなら、うちの会社で働かせようかと。どうだろう、貴代子」

貴代子はとっさにきき返した。

「本当ですか」

深々とうなずく父を見て、思わず口もとがほころんだ。ようやく父と達朗の和解のチャンスが訪れた。たとえ達朗が父の申し出を断わったにしても、父のほうから歩み寄ってきたことは、達朗の心をおおいに慰め、励ますに違いない。

「私は大賛成ですわ。ぜひそうなさって。ただ達朗さんがどうお答えしようとも、つむじをまげないでくださいさい。彼なりの人生設計があるかもしれませんもの」

「それがな、きょうの一時にあいつがくる。暮れに電話したところ、ふたつ返事でくると言って、妙に拍子抜けしてしまった。わたしがあいつの立場なら、多少の意地を張ってごねてみるんだが、どうも達朗は、わたしとは正反対のタイプの男なのかもしれんな」

貴代子はほほえみながら答えた。漠然と多重子を思い浮かべてもいた。

「達朗さんはゆったりとした性格ですけれど、粘り強いというか、根気よく自分の夢を実現させてゆく一面があるみたいですよ」

「もっと依怙地《いこじ》なやつかと思っていたが」

「それはお父さまのほうではありませんか」

父は愉快そうに笑った。

帰りぎわ、貴代子は父の機嫌がこのまま達朗と会う午後にまで持続することを願いながら、あとで達朗が自分の所に寄ってくれるように、お手伝いの女性に伝言を頼んでおいた。

父の住まいからもどり、着がえをして昼食のテーブルについた貴代子は、やや食欲がでてきていた。

父のあの様子では、辻沢をこれ以上むごい目にあわせずにすむかもしれなかったし、達朗との関係も少しずつ好転してくるに違いない。

食欲があるといっても、ここしばらく少量の食事しか喉を通らずにいた貴代子の胃は、薄切りのフランスパンと、生《なま》のホタテやエビをレタスやクレソンであえたサラダを食べただけで満腹になってしまった。あとは酪農の産地から取り寄せている液体のヨーグルトを、グラスに一杯だけ、ようやく飲みほした。

食事のあいだ中、トミ子は父からかけられた言葉への感動を、くり返し語った。

「大旦那さまは、ちゃんと見ていてくれたんですねえ。私はもうそれだけでたっぷりとむくわれた思いがしますよ。多重子さんにも、あんなにやさしく言ってくださって」

そう言いながら、エプロンの端で目頭をそっと押さえたりするトミ子を目の前にしていると、貴代子は、またもや食欲不振になりそうだった。ひとりよがりの善意が、しぜんと放つ異臭を嗅ぐ心地がした。と同時に、父のたったあれだけの慰労の言葉に、ここまで心をふるわせて感激するトミ子の単純な人のよさが、いったん方向を変えると、なんの罪悪感もいだかずに、辻沢を追いだすエネルギーに転化してゆく。その心のメカニズムは、素朴であるだけに、いっそう不気味でもあった。

素朴な愚かさ……トミ子に対する嫌悪感が胸をよぎりそうになり、貴代子はいそいでいっさいの感情を払い落とした。愚かしさゆえに、ひたむきに、一途《いちず》に私を守り、かばってきたではないか。

食後、貴代子は二階の寝室にこもり、達朗の訪れを待った。今年は、あるいは達朗にとって幸運の年になるかもしれない。多重子は夏子の店を手伝うという口実で、週に一、二回は達朗と会い、交際は順調にいっているようだし、これに父との和解が加われば、達朗の心のかげりは一挙に晴れる。

達朗には幸せになってもらいたかった。愛人の子として恵まれなかった少年時代の埋めあわせのぶんもふくめて、彼にふさわしい実直で、落ち着いた家庭と人生を、どうにかして、かなえさせてやりたい。

達朗は三時すぎにあらわれた。

寝室のドアをノックして入ってきた彼の顔には疲労の色が濃くはりついていた。

「どうでした？　お父さまとの話しあいは」

ベッドの上に腰かけた彼は、意味もなく首を左右に振り、頬にうっすらと笑みを刻む。

「おやじの意向は辻沢さんを通して何回も聞かされていたし、おれも二年近く考えてきたことだから」

「それで」

貴代子は椅子から身をのりだす。

「おやじの会社に入るよ」

思わず貴代子の口もとが柔らかくほころぶ。

「そう。よかった」

「おやじもよろこんでくれた。しかし、やっぱりおやじは一筋縄でゆくような人間じゃないな。近々の話じゃないけれど、いずれおれの嫁さんになるひとは、おやじが選んでくれるそうだ。つまり会社にとって有利になるような所の娘をあてがうというわけだ。口にはださなかったが、これが交換条件」

「あなたはなんて返事を」

「おやじにまかせるさ」

貴代子は息をのむ。

「じゃあ多重子さんとのことは？　彼女にはどう説明するの」

非難めいた口調に、達朗は哀しげな目をむけてきた。そのまなざしのまま、しばらく貴代子を見つめた。

「多重子さんとの仲はとうに終っている。あるときから彼女は約束をすっぽかすようになった。十二月の中旬ぐらいからかな。でもおれは急用ができたのだろう、そのうち年があらたまったなら、じっくり話しあってみようと思っていた」

しかし多重子は十二月のなかばをすぎてからも、夏子の店に行くと称して外出していたではないか。そう思ったが、貴代子はとりあえず達朗の言葉に耳を傾けた。

「おれもまったくまぬけだな。クリスマスをすぎたある晩、トミさんがアパートにやってきた。そこではじめて知ったよ、辻沢さんと多重子さんの関係を」

瞬間、貴代子はめまいにおそわれた。

恐れていたことが現実になった。トミ子のむこう見ずな行動は、ついに達朗まで巻きこみ、しかも万が一こういう事態になった場合に、貴代子と口うらをあわせてくれるはずだった辻沢を博多に追いやってから、実行に移された。

トミ子は辻沢と貴代子の会話をドアのそとで立ち聞きしてでもいたのだろうか。

否定しなくてはならない、貴代子は貧血を起こしたような状態のなかで必死にそう思った。すべてはでたらめ、トミ子の妄想にすぎないのだと。

「……達朗さん、まさかトミさんの話を信じたのではないでしょうね……」

達朗は貴代子を正視しかねるように、目を伏せた。淡々として言った。

「トミさんは辻沢さんを悪者にしていたけど、おれはそうは思わない。多分だれも悪くはないんだ」

「お願い、私の話も聞いて……」

「ショックじゃなかったと言うと嘘になる。でも、その中心に貴代子さんを置いてみると、これが不思議と奇妙に納得できてくる。なんなんだろうな。そして思ったよ、貴代子さんはかわいそうな女性なんだ、少しでもそばにいておれが見張り番をしてやろう。だから、おやじの会社に入ろうと決めた」

とっさに貴代子は叫んでいた。なぜ、そういう言葉がでたのか、自分でもわからなかった。

「だめよ。私の犠牲にならないで」

だが達朗は問い返しもせずに、それを無視した。

「おやじがどうしておれを嫌っていたか、その理由を知っているかい？　自分の息子じゃないと、ずっと死んだおふくろを疑っていた。疑うのも当然だと思う。おれの記憶にもあるんだ。ときどき家におやじ以外の男が訪ねてきて、おれをとても可愛がってくれた。おふくろとも楽しそうにしていたな、みすぼらしい恰好の男だったけど。でも、真相ははっきりしない。いまだに解決していない。おやじも齢とともに気弱になって、そういうおれでも息子だと信じたくなったんだろう。辻沢さんも博多へ行ってしまったし」

はじめて聞く話だった。弱々しくたずねた。

「お父さまの疑いはきれいに晴れたの？」

「どうかな。きっとおれがおやじの会社で期待に応えてバリバリ働いたなら、息子だと認めるんだろうな。その反対なら、認めない。そういう男だろ、おやじは」

それから達朗は、父が貴代子と辻沢を近く離婚させるつもりでいること、だから達朗が貴代子の家に引越してきてはどうか、とすすめたことなどを、相変わらず世間話をするようなこだわりのなさで語った。父は、男手のない家の不用心さを心配しているのだという。達朗と多重子の関係は知らない。

「おれもそれもいいかなと」

貴代子はうろたえた。

「多重子さんの立場があるでしょう。いたたまれなくなるわ」

「こうなったからにはおれたちのつきあいなんて過去のことだ。それに彼女とは手ひとつ握らなかった」

冷酷なほどそっけない言い方とまなざしだった。トミ子から辻沢との件を聞いて、急速に多重子への執着が断ち切られてしまったのかもしれない。

「おれ、この家好きなんだよ。修平もいるし」

「そんな簡単なことじゃないの」

「簡単だよ。少なくとも貴代子さんにとっては、すべてを簡単に、シンプルに考える必要があると思うな。もうあともどりはできないんだから」

「でもね……」

「もっとシンプルに考えたなら、おれと多重子さんの仲を取り持つようなことはしなかったろうな。おれが多重子さんへの気持を打ち明けた時点で、トミさんみたいに率直に話してくれるべきだったんだよ、貴代子さんは」

貴代子はつらそうに顔をゆがめた。

「あなたを傷つけたくなかった……」

「ごめん、責めているんじゃないんだ。言いすぎた。謝《あやま》るよ」

ドアがノックされた。貴代子が返事をすると、盆に紅茶セットをのせたトミ子があらわれた。父に言われた言葉がまだ麻薬のように効いているのか、にこやかな表情だった。

「どうしたのですか。いつもは仲のよいおふたりなのに、階段口まで声がひびいていましたよ」

ティーテーブルに盆を置いたトミ子は、貴代子と達朗を交互に見つめた。姉弟喧嘩をそうやってたしなめる母親にも似た柔和なまなざしだった。そして、ひとり言めかしてつぶやいた。

「こうしてくらべてみると、おふたりはまるで赤の他人のよう。姉弟とは思われないぐらい」

そのトミ子に達朗が話しかける。

「じつはね、トミさん、おやじの会社に入ることになったよ」

「まあ、ようございましたこと」

心から喜んでいるらしいトミ子の目の輝きだった。その反応に勢いづいたのか、達朗は父とのやりとりを、かいつまんでしゃべり聞かせた。トミ子は熱心に相手になり、その合い間にあいづちの短い言葉をはさんでゆく。だが、へんに上っ調子のあいづちで、トミ子らしくないわざとらしさが、はしばしから、こぼれ落ちる。

立ち聞きをしていたのだ、と貴代子はすぐさま確信した。しかし怒る気力は、もはやなかった。

「で、おれがこの家に越してきてはどうかとおやじは言うんだけど、トミさんはどう思う?」

「まあ、大旦那さまがそんなことを」

おおげさな驚きの声も芝居がかっていた。

「そうですねえ。確かに男手がないのは不安ですよねえ。本当に」

そう言いながら、横目で貴代子を盗み見る。ひどく狡猾《こうかつ》な顔つきだった。

「問題は多重子さんですよね、ねえ、奥さま」

貴代子は黙ってベランダのそとを眺めた。離婚がまだ正式に決まっていないのに、と辻沢に対する申し訳なさで心は沈んでゆく。

今、トミ子は辻沢が使っていた書斎、いまは空《あ》いているそこについて口にしていた。

「……ですからね、奥さま、ここはひとつ大旦那さまと達朗さんのしこりもとけたことですし、この先おふたりがうまくやってゆくためにも、同じ敷地内にお住まいのほうが、何かと都合がよいのではありませんか。家族は一緒にいるのがいちばんですよ」

そとの景色を見つめたまま貴代子はぼんやりと力なく言った。

「多重子さんはどう思うかしら」

トミ子は自信を持って答えた。

「まかせて下さい。私がちゃんと言い聞かせますから。だいいち、多重子さんは他人、達朗さんは身内の方じゃないですか。他人に遠慮して、身内をないがしろにするなんてばかな話はありませんよ」

トミ子の饒舌さは、達朗の同居を大歓迎しているあらわれだった。

達朗をどんなふうにして自分の支配下に置こうとしているのか、トミ子の真意が貴代子には測りかねた。

ただ手足の先が溶けてゆくような敗北感を味わいつづけた。

9

一月も下旬になってから、仲間四人だけの新年会の誘いを前崎から受けた。

指定された日の夜七時、Nホテル二階のチャイニーズ・レストランにでかけてゆくと、すでに奥まった席に前崎と夏子の姿があった。前崎は茶色のダブルのスーツ、夏子はひときわあざやかなグリーンの、体にぴったりとしたワンピースをまとい、ハイネックの襟もとにはイミテーション・パールのネックレスをあしらっている。

ふたりのセミ・フォーマルに近い服装を目にとめ、貴代子はようやく自分の投げやりないでたちに気がついた。黒い筒型のスエードのワンピースはその素材からして夜の席にふさわしくなく、しかも何年も前の海外旅行で買ったそれはいかにも着古した一着だった。アクセサリーは腕時計さえつけていない。

ふいに正常な感覚がよみがえってきて、貴代子は恥じた。クロゼット・ルームのなかから、よりによってどうしてこの服を選んだのか、自分でも説明がつかない。

案の定、貴代子の姿に気づいた前崎と夏子は、その服装を見るなり、あっけに取られた表情になった。が、数秒後、ふたりはふだんと同じ顔つきにもどる。

「少し痩せたのじゃない？」

正方形の黒いテーブルにつくなり、夏子がいたわりの口調で顔をのぞきこんできた。同時に、貴代子の乱れた前髪をそっとかきあげ、心配と不安の入りまじった表情になる。

前崎はそんな貴代子から痛ましげに目をそむけ、片手を挙げてウェイターに合図を送った。そして、どちらにともなく言う。

「料理はひと通り注文しておいた。中国産のおもしろい白ワインがあるんだ」

Nホテルは札幌では珍しく団体客を取らないホテルだった。冬場、市内のホテルはスキー・パック・ツアーの団体客で目白押しになる。ロビーやホテル内のレストラン、バーなどの飲食店は騒々しいほどに混みあい、若者の中にはスキー靴のままでホテルの中をドタドタと歩いている者もいる。

その点、Nホテルは四季を通して一定の品位を保っていた。最上階のラウンジ・バーを会員制にしたのも、団体客の傍若無人なふるまいを避けるためだという。チャイニーズ・レストランもがらんとしたほどに広々とした空間だった。従来の中華料理店のイメージを連想させる造りはどこにもない。黒一色の店内は横に長く、テーブル席のスペースのむこうには、横長のバー・カウンターがのびていた。その棚に並ぶ、さまざまな色あいの酒壜が、黒い店内のさりげない装飾もかねているらしい。テーブルとテーブルの間隔も贅沢なくらいたっぷりしていた。ふつうならあと二台のテーブルが置けるほどの余裕がある。

ウェイターがワイン・クーラーをのせたワゴンを押してきた。前崎が味見をしたあと、それぞれのグラスに白ワインがつがれてゆく。

三人で乾杯したあと、貴代子はそこではじめて城岡がいないことに思いいたった。

「城岡さんは?」

前崎と夏子が顔を見合わせ、やがて前崎が貴代子から視線をはぐらかすようにして答えた。

「ああ。遅れると思う。最近、彼は忙しくてね——」

夏子が途中でさえぎった。

「それよりも貴代子はこの二ヵ月半ほど、どうしていたの。あなた用の電話に連絡しても、いつも留守番テープが返ってくるだけで、私たちとても気にしていたのよ」

「ごめんなさい」

貴代子は口もとだけの笑いを示した。

「辻沢の一件以来、なんだか、だれにも会えない、というか会うのが恐ろしいような気持になって。ああ、あなたたちにご報告しなくては……辻沢は博多へ行ったの。近いうちに離婚することになったわ」

つづけて貴代子は、父と達朗の和解、達朗が同居する予定について、抑揚のない口ぶりで語った。

「というわけで、トミさんは達朗さんが家にくることになって大喜びしているわ」

話しているあいだに前菜の大皿がテーブルに運ばれてきた。

貴代子の説明が終っても、前崎と夏子は箸を手に取ろうとはせず、暗い面持ちでワイン・グラスを見つめていた。

やがて夏子が低く押しころした声でつぶやいた。

「信じられない。まったく信じられない家庭だわ。辻沢さんと多重子さんが関係し、それが露見してからは、多重子さんと達朗さんを一緒にしようと働きかけ、辻沢さんが家を追いだされたあとは、何もかも承知している達朗さんが同居する、しかも多重子さんとの仲は成立しなかったというのに一軒の家で暮らす……あなたたちの神経はどうなっているのよ」

ほとんど怒りを爆発させそうな夏子の剣幕に、貴代子は、おだやかにも、うつろにも聞こえる声で言った。

「部外者には奇異に感じられても、あの家の中にいると、どれもがごくしぜんな成りゆきに思われてくるの。そう、とてもしぜんな流れ……」

眉間に悲痛な感情をにじませて、前崎がきいた。

「貴代子はどうしたいんだ。きみの本当の気持は。せめておれたちだけには正直に打ち明けてくれ」

「どうしたいのか……私にも分らないの。でもトミさんは張り切っている。幸せそうよ。達朗さんもそう……あの顔を見ていると、私がどうしたいのか、そんなことはどうでもいいような気がしてくるの……幸せなひとたちに囲まれている私も、もしかしたら幸せなのではないかしら……」

「どこが幸せなんだ。今夜のきみの、いや、きみらしくもない、そのなりふりかまわない恰好、そんな姿のきみを、おれははじめて見た……」

前崎は声をつまらせた。両肘をテーブルにつき、きつく握りしめた両の拳《こぶし》に額を押し当てる。

夏子がまるで幼児に問いかけるみたいな表情と物言いで貴代子を見る。

「今、何がしたい？」

「ゆっくり眠りたいわ」

「眠っていないの？」

「ずうっと眠れない。ブランデーを飲んでも、眠る前に酔いがさめてしまう」

「旅行に行きましょうか」

「………………」

「しばらく私のマンションにきたら」

「トミさんに叱《しか》られるわ。自分の家があるのにって」

「私がちゃんとお願いしてあげる」

「許さないわ、トミさんが」

「修平ちゃんが気がかりなの？」

「修平には私はいらない母親、トミさんがいれば、それでいいの」

いきなり前崎が顔をあげ、語気を強めた。

「貴代子、おれにまかせろ。おれはトミさんに土下座してでも、きみを今の状態から立ち直らせる」

うっすらと貴代子は笑った。

「だれもトミさんには勝てないわ」

「どうしてだ」

「だってトミさんは、私のためだけを思ってこの二十二年、いえ、もう二十三年もやってきたのよ。私もトミさんだけを頼りにしてきた。きっとトミさんは私を他の人に奪われるぐらいなら、私を殺したほうがましだと、そう思っている」

言いながら貴代子は涙をこぼした。だれのせいでもなく、ただ哀しかった。

十日がすぎた。

「さあ、これを飲んで。三十分もたったなら眠たくなってくるはずよ」

そう言って夏子は貴代子の掌に淡黄色の小さな錠剤ひと粒と、水の入ったグラスを手わたした。

「私の行きつけの内科のお医者さまから、ときどきもらっている誘眠剤だから心配はないわ。睡眠薬ほど強くはないの」

薬を飲みほした貴代子は、やはり夏子のすすめに従って、ベッドの中にすべりこむ。すでに白のシルクのパジャマに着替えていた。

自宅ではなかった。

街の中心部にあるそのホテルは、一見それとはわからない黒っぽい無機質の建て物で、一階はコーヒー・ショップとブティックで占《し》められ、螺旋《らせん》状の階段を登った二階にフロントがある。部屋かずは五十室にも満たない小さなホテルだが、洗練されたシンプルさが特長だった。宣伝はいっさいしないため、札幌ではほとんど知られていない。噂では東京方面で活躍しているアパレル業界の人々が、こちらに出張などできたときのために、自分たちが優先的に泊まれるホテルをこしらえたのだという。地階にはバーがある。黒っぽい店内に金属を組み合わせた人間臭を感じさせない造りだった。前崎の会社からも、夏子の店からも歩いて数分の近さである。

貴代子のために夏子が手配してくれたのは三階のツインルームで、全体の色調は淡いグリーン、春の若草を思わせる明るさと柔らかさが、気持をなごませた。

ベッドに横になった貴代子の両肩を毛布で包みこむようにしてから、夏子はもう一台のカバーのかかったベッドの端に腰かけた。サイドテーブルのランプシェードのあかりを低くする。

「あなたが眠るのを見とどけてから帰るわ」

「前崎は？」

貴代子は天井を見つめたままたずねた。

「城岡とふたりで下のバーにいる」

「そう。みんなにはいろいろと面倒をかけたわ、なんてお礼を言ったらいいのか……」

「そんなこと気にしないで。おたがいに持ちつ持たれつでしょう」

くわしいいきさつは聞かされていなかった。

ただ、前崎と夏子が数日前に貴代子の父のもとを訪ね、貴代子が精神的に相当まいっていて休養が必要なことを力説したらしい。原因は、辻沢の一件、で押し通した。そのほうが父の負い目につけこみやすいと計算したふたりの作戦でもあった。そして父を説得できれば、彼の口を通してトミ子もしぶしぶながら承知せざるをえないだろう。

きょうの夕方、前崎と城岡、夏子が、貴代子をホテルに移すためにそろって宮の森の家に現れたとき、トミ子は自分の部屋に閉じこもって姿を見せなかった。

「でも父はよく前崎に会ってくれたわね」

「お父さまへの連絡は私がしたの。彼と一緒だとは言わずに。だからお会いした瞬間は大変だった。いきなり前崎さんを怒鳴りつけてきたのですもの、私は一時どうなることかと」

父は前崎を罵倒しつづけた。けれど、それに対して前崎はひと言も反論せず、じっとうつむき、相手の逆上がおさまるのを待った。

貴代子の心が疲れきっているという説明は夏子がした。娘の学生の頃からの友人であり、これまでに何回か顔をあわせている夏子の言葉には、父は素直に耳を傾けた。

「……というわけで、貴代子さんにはひとりで静かにすごす時間を与えてあげるのが大切なことではないかと思いまして……」

父の顔に苦悩の色がしみだしてきた。

「そこまで我慢をしていたのか。あの娘《こ》は感情をあらわさないたちだから、少しも気がつかなかった。わかりました。ここはひとつ夏子さんにおまかせすることにしましょう。くれぐれもよろしくお願いします」

　夏子の話を聞きながら、父は老いてきた、とベッドのなかで貴代子はあらためて思った。かつての父なら、その鈍感なほど強靭《きょうじん》な神経で、精神の弱りなどあたまから否定し、笑いとばしていただろう。すべての病いの原因は気のゆるみからだ、と平気で豪語していたものだった。

　自分が選んだ娘婿の辻沢の不祥事《ふしょうじ》が、年齢的な老いの自覚とともに、よほど身にこたえてもいたのだろう。

「でもね、こんなことを言うと貴代子に叱られそうだけれど、あなたのお父さまはなかなかステキよねえ。ハンサムで押しだしがよくて、齢よりもずっと若く見えるし、いかにも男性的。わりと私の好みのタイプ」

　一瞬、それも悪くはない、と貴代子はくぐもりはじめた頭の中でうなずいていた。誘眠剤が少しずつ効きはじめてきた。

「夏子と父ならいいかもしれないわ。父は野心家だから、あなたのビジネスも全面的にバックアップしてくれるし、頼りがいのあるパトロンになるのじゃないかしら」

「ばかね、今のは冗談よ」

「父も淋しいのよ。お手伝いさんとふたり暮らしだし。ね、夏子、そのうち父と食事でもしたらどうかしら」

「本気で言っているの？」

「ええ」

「こういう点がときどきびっくりしてしまうのよね。浮世ばなれした貴代子の発想。父親と自分の親友を結びつけるのに、まるで抵抗がない……。しかし、今の話、ちょっと考えてみようかな。城岡もうちのお店のマネージャーになってくれないし、関西のパトロンとは別れてしまったし」

「城岡さん、はっきりと断わったの？」

「ああ、言い忘れていたわね、どさくさにまぎれて。彼、秋ぐらいに結婚するんですって」

相手の女性には夏子も前崎も会ったことがないという。かなりの資産家の娘で、結婚と同時に彼は先方の父親が経営する会社に、しかるべき肩書きつきで入社する予定になっている。

夏子はやや嘲笑の口調で言った。

「これでようやく彼の望みは達成されたわけよ。自分の能力に自信がありながら社会的には評価されなかった、自分ひとりの力ではだめだから、それを可能にしてくれる女性と結婚する。ブティック〝ハラモト〟程度じゃ満足しない。でも彼は自分のそういう心理を自覚していないわね。女を踏み台にして上昇してゆこうとする自分に。それを認めるにはプライドが高すぎるから、自分の本当の気持にふたをしてしまっている」

それぞれの心の闇を、貴代子はぼんやりと思い描いた。城岡と夏子の闇は、いくらかは見える。財力と肩書きをもたらしてくれる結婚によって、城岡の闇には光が当てられるだろう。それと同じように夏子の闇を明るく浮上させるためには、父の英太郎とのかかわりがもっとも手っとり早い。貴代子の父であることが。貴代子から何かを奪い取ったと実感することが。

ただ前崎の闇はつかみどころがなかった。茫洋《ぼうよう》とした仄《ほの》明るさだけを、いつも感じる。少なくとも彼は城岡や夏子ほど屈折はしていない。

夏子がきいた。

「そろそろ薬が効いてくる頃だけど」

「少し眠くなってきたみたい」

「よかった。前崎さんもきっとほっとするわ。今回のことで、私、よく理解できた」

「何が？」

「あなたのお父さまが、あれほど前崎さんを嫌う理由。似た者同士なのよね。それと、前崎さんはいまだに貴代子を愛している。見返りを期待しない無償《むしょう》の愛。そして、そのことをけっしてかくそうとはしない。あなたのお父さまに罵《ののし》られ、お節介するなと言われたとき、彼、言ったのよ。ぼくは彼女を愛しています。たったそれだけ。私、感動しちゃった」

「父はどんな反応を?」

「ふっとそっぽむいてね、何も言わないの。あの場合は見事に前崎さんの勝ちだったわ」

それから夏子は立ちあがった。

「ゆっくりお休みなさい。あす、またくるわ」

貴代子は目をつむり、夏子がでてゆくドアの閉まる音を聞いた。

無償の愛、この言葉がしびれてきた頭の中でまわりはじめる。

前崎のそれは、こちらの心に負担をかけない軽やかなものだった。反対にトミ子のそれは、なぜか重苦しい。

前崎は貴代子を支配しようとはしないからだろう、その折りおりの、あるがままの貴代子を受け入れてくれる。

このホテルにくるとき、最後まで見送りにあらわれなかったトミ子の心中を貴代子は想像した。かたくなに自室にこもっていたその行為自体が、こちらの気持を圧迫してくる。はなれてはいても、トミ子の存在そのものが、見えない糸で縛りつけようとする。

玄関先で多重子に伴われて手を振っていた修平の笑顔を思い浮かべるうちに、貴代子は眠りについていた。

ホテルに滞在する予定は二週間だった。

ぶ厚いカーテンの窓のむこう側では、二月の上旬から開かれていた札幌の冬の一大イベント「さっぽろ雪まつり」が最終日を迎えていた。開催されていたまる一週間のあいだに、修平は多重子につれられて雪まつり会場に出かけていったはずだったが、貴代子ははっきりとどの日だったか、おぼえていなかった。

ホテルにきてからというもの、貴代子の心をかき乱す外部からの電話は一本もかかってこなかった。

唯一、修平だけは例外で、毎晩「おやすみなさい」を言うためにだけ電話をしてくる。修平の声は屈託がなく、いつも明るく弾んでいた。母親がどうしてホテルにいるのかを疑問に感じている様子もない。おそらくトミ子と多重子が巧妙に言いつくろっているのだろうが、「ママ、いつ帰ってくるの」のひと言もなく陽気に電話をきってしまう修平に、貴代子は物足りなさと同時に淋しさも味わう。必要以上に物事にこだわらない性格は前崎に似ているのかもしれなかった。

前崎と夏子は一日のうち何回となくホテルにあらわれた。仕事のひまをぬってはコーヒーを飲みに立ち寄ったり、昼食をともにしたり、ホテルのそとでの夕食に誘いにやってくる。夕食はつねに三人一緒であり、二回に一回は城岡も加わった。

一日のしめくくりはホテル地階のバーで前崎と短い時間をすごす。そして貴代子が部屋に引きあげる頃合いを見はからって、前崎は夏子から預かった誘眠剤をひと粒だけ差しだし、その場で貴代子が服用するのを確認するのだった。

気心の知れた、けれど快い距離を置いた人々だけを相手にしている毎日は、貴代子の神経を少しずつ安定させていった。相手の思惑を無言のうちに推《お》し測りながら対応しなくてもよい、のびやかな気分は、何よりの良薬になっていた。

ある夜、ホテルのバーで前崎はウオツカをベースにした透明なカクテルを飲みながら言った。

「このままホテル暮らしからマンション住まいに変えるのは不可能なのかな。ほら、近いうちに達朗くんがあの家に越してくるのだろう？ それをきっかけにして、きみと修平は別世帯をかまえる。おれはいくらでも力になるよ」

貴代子は円筒形の背の高いグラスの表面に手をふれた。グラスは汗ばみ、濡れていた。グラスの中身は白ワインと果汁を使ったアルコール度の低いカクテルだった。

「あなたの気持はうれしいけれど、そうするには問題が多すぎるわ」

「おれもそれは十分に承知している。そこで考えたのだが、きみのおやじさんに頼んでみてはどうだろう。たとえばトミさんはあの家に残って達朗くんの世話をしてもらう。多重子さんは修平の家庭教師はつづけてもらい、ただし、アパートなどでひとり暮らしをするか、おやじさんの家のほうの秘書というか手伝いをしてもらう。それをおやじさんから言いだすというかたちで」

貴代子はあいまいに微笑し、カクテルを口にふくんだ。通常の雇用関係なら、どれほど相互の情が深まっていようとも、話しあいでそのようにできるかもしれない。しかし、あの家では普通の雇用関係は通用しないはずだった。理性の欠落した思いこみの激しさで、あの家は成り立っている。

貴代子は弱々しく言い返した。

「そんなことをしたらトミさんは私を憎むわ。いえ私だけじゃない、トミさんは私の身近にいて、私をそそのかしたに違いないすべての人間を憎悪する」

「仕方ないじゃないか。憎んだとしても、それはいっときのことだ」

「あなたや私の感覚とトミさんのそれとはまるで違うのよ。彼女は全身をかけて私とあの家を守ろうとしている」

「それはトミさんの勝手というものだ」

「でも、そうさせてしまった私にも責任があるでしょう。あなたとの離婚にしても、私はトミさんの人形と同じだったわ」

「それを言うならおれもきみと同様だ」

前崎は苦々しい表情でつかのまうつむき、それから一気にカクテルを飲みほした。

またの夜、前崎は別の案をきりだしてきた。

「貴代子、思いきってそとにでて働いてみないか。つまり家にいる時間を少なくする。トミさんと一緒にいすぎるのはよくないと思う」

「私は働いた経験もないし、体力にも自信がないわ」

「それはおれと夏子にまかせてくれ。きみの体に無理のかからない、まあ言葉は悪いが、きみが遊び半分でできるような働きぐちを探す。探してもなければ、おれがしかるべき仕事を作りだすよ」

「きっとトミさんは私が働くことに猛反対するわ」

「そんなことを恐れていたら、きみは何もできなくなるじゃないか」

貴代子の脳裏《のうり》にふいに燃えさかる真紅《あか》が、広がった。なにげなく口にしていた。

「私がトミさんの反対を押し切ってお勤めにでたら、トミさんはその仕事場に火をつけるかもしれない……」

どきりとした顔つきで前崎が見返した。

抑揚なく貴代子はつづけた。

「冗談ではなく、なんとなく私はそう思うの。だから私はどんなふうにも身動きができないし、もし、それをやったならまわりにたくさんの迷惑をかけてしまう……」

前崎がブレザーのポケットから誘眠剤を取りだした。

「まだ疲れが完全に回復していないようだな。今夜は早く眠るといい」

ホテル住まいが一週間たった日の正午前、トミ子から電話がかかってきた。これから訪ねていってもいいだろうかとたずね、達朗のことで相談があるのだと口早に付けたしもした。

達朗、のひと言に貴代子の感情はだらしなく傾いた。胸さわぎもおぼえた。このごに及んで、また父といさかいでもしたのだろうか。そんな貴代子の心中を見すかしたように、トミ子は一時間後にそちらへいく、と言って電話をきった。

トミ子がくるまで、貴代子は悪い想像ばかり働かせた。父とのもめごとではなく、多重子とのあいだにトラブルが生じたとも考えられた。いずれにしろ、せっかく好転しかけている達朗の将来をここで台なしにしてはならない。どうあっても未然に防ぎたかった。

きっちり一時間後、トミ子があらわれた。部屋のドアを開けた瞬間、貴代子はまるで二十三年前にまいもどった錯覚におそわれた。

トミ子の服装は、二十三年前にはじめてお手伝いとして家にやってきたときと同じく、ひどく見すぼらしかった。くたびれたグレーの半オーバー、その下からのぞいている黒っぽいスカートの裾《すそ》は、たれさがったボロ切れのようだし、毛玉のついた厚い茶色のタイツの先は、同色のゴム製の短いブーツである。白髪まじりの髪もくしゃくしゃだった。

しかし、トミ子は顔いっぱいに笑いを広げて、手にしていた大きな紙袋を突きだした。

「お昼をお持ちしましたよ。奥さまの好物ばかりを昨夜のうちからこしらえたんです。ホテルの食事ばかりだと飽きてくるでしょうし、栄養も偏《かたよ》りますからね」

トミ子はいそいそとコートを脱ぎ、紙袋から重箱と塗り箸、数枚の小皿を取りだした。コートの下に着ている茶色のセーターも廃品に近いしろものだった。

部屋に用意されてあるポットの湯で緑茶をいれ、重箱をテーブルに置いたトミ子は、貴代子が料理に手をつけるのを真剣なまなざしで見守っていた。

「さあ早く召しあがってくださいな。食べられるだけ食べて、あとは残してもいいのですから」

貴代子はテーブルをはさんでトミ子とむきあい、小皿と箸に手をのばす。食欲はなかった。それでも小魚の酢づけや野菜の煮物を小皿に取りわける。どちらもトミ子が得意とする素朴な味つけだった。

「やっぱり、まっ先にそれですね。ホテルではこういう家庭の味はないですからねえ」

そう言ってトミ子は勝ち誇ったように、ひとりでうなずきつづける。

「どうですか、お味のほうは？」

せき立てられ、貴代子はおざなりにほめる。

「ええ、おいしいわ……それよりもトミさん、もう少し身なりに気をつけるように言っているのに、特に外出のときは」

にわかにトミ子の顔がほころんだ。貴代子からのときたまの叱言《こごと》は、なぜかトミ子を喜ばせた。

「すいません、普段着のままできちゃって。注意してくれるひとがいないと、ついだらしなくなって。あ、奥さま、この厚焼き卵も召しあがってみてくださいな」

そしてトミ子は料理をすすめるのと変わりのない口調で辻沢の名前を口にした。

貴代子がホテルに移るのとほとんど同時に、辻沢から父のもとに離婚届の用紙と辞表が送られてきたという。

辞表と聞いて、貴代子は胸がふさがった。やはり辻沢はそこまでしてしまったのか。箸の動きがとまってしまった貴代子を目の前にしながら、トミ子は声を沈ませるでもなく、平然とした調子で言い添えた。

「大旦那さまもずいぶん引きとめたそうですが、辻沢さんとしてはそうもいかないとかで。辻沢さんの残りの荷物は博多に送っておきました。で、奥さま、どうしましょうか、辻沢さんの書斎の模様替えですが、そのまま達朗さんに使ってもらうのは縁起が悪いですよね」

「そういう言い方はないでしょう」

「でも、そのまま達朗さんがお住みになるのはいけないと、私は思いますよ。壁紙をはり替えたり、床をどうするか」

トミ子の声が妙にうるさく感じられた。黙らせたかった。

「トミさんの好きなように達朗さんと相談して決めて」

トミ子の表情が輝いた。貴代子から一任されることが、トミ子には大きな喜びであり、張りあいとなる。そのようにして二十三年間、トミ子は貴代子の肉体の一部になってきた。

辻沢の書斎の手直しをすべてまかせられたことで、トミ子は貴代子との信頼関係が破綻《はたん》しかけていないと確信したらしい。

「奥さま、いつまでホテルにいるつもりですか。ここはお部屋の空気が乾燥していて、体によくありませんよ。喉《のど》がやられます」

いつもの居丈高《いたけだか》なニュアンスをふくんだ物言いになっていた。

「家から加湿器を持ってきましょうか」

「いいわ」

「よくありません。そりゃあ、辻沢さんのことで、まいってしまうのもわからないわけではありませんけど、今度は達朗さんがきてくださるのですから、早く元気にならないと。大旦那さまも心配してらして、ご自分のせいだと、私にさえ弱音を吐かれてました。あの大旦那さまが、この私に、ですよ。ホテルにいるのは、大旦那さまへの当てつけになるんじゃありませんか」

食べ残しの重箱を、ふたたび紙袋におさめてトミ子が帰って行ってから、貴代子は会社にいる父に電話をして、健康は少しずつ回復しているという報告をした。

父は受話器のむこうでほっとした声音になった。

「予定通り二週間で家に帰れそうなのかな」

「はい。夏子がとてもよくしてくれますから」と、あえて前崎の名前は伏せ、次の瞬間、自分でも考えてもいなかった言葉が口をついてでていた。

「できればお父さまからも夏子にお礼を言ってくださいませんか、お食事にでも誘って。夏子はおいしいものに目がないので大喜びすると思いますわ」

「ああ、わたしも何か礼をと思案していた。しかし、食事ぐらいでいいのか？　失礼にならんか」


その夜、前崎と夏子の三人で食事をすませ、前崎とともにホテルにもどり、フロントで留守中の伝言の有無を確かめるために、バーにいく前に寄ってみると、ロビーの長椅子に達朗が腰かけていた。

「久しぶりだな、達朗くん」

前崎はなつかしげに声をかけた。

「ごぶさたしています」

達朗も立ちあがって軽く会釈をする。

これから地階のバーで一杯やるつもりだが、と前崎は達朗を誘ったが、相手はやんわりと固辞した。

「貴代子さんにちょっと用がありますので」

「そうか。じゃあおれは退散することにしよう。貴代子、きょうのぶんの誘眠剤をわたしておく」

三階のツインルームに、達朗は段ボール箱をかかえてあがってきた。中にはトミ子から頼まれたという加湿器が入っていた。

コンセントの差しぐちを探し、加湿器の容器に水を満たしてボタンを押すと、上部の切りこみのあいだから水蒸気が噴きだしてくる。加湿器をセットしおえた達朗は、二人掛け用のソファにすわり、皮肉っぽい苦笑を浮かべた。

「驚いたな。ここで前崎さんに会うとは」

「誤解はしないで。彼は夏子と一緒に私を心配してくれているだけなの」

「離婚後もずっと会っていたわけ？」

「ときどき。彼は修平の父親でもあるし、私の相談相手にもなってくれているわ」

貴代子はルーム・サービスでワインとオードブルの盛りあわせを注文した。わざわざ自宅から加湿器を持ってきてくれた達朗へのねぎらいのつもりだった。

テーブルをはさんで布張りの椅子に腰かけた貴代子に、達朗はこの一週間のホテル暮らしの感想をきいてきた。貴代子は、前崎と夏子にずいぶんと世話になっていることを正直に語ったが、しゃべってしまってから、言いすぎたと悟った。達朗はいつになく不機嫌な顔つきになっていた。

「なるほどな。トミさんがハラハラして貴代子さんから目がはなせない気持が、なんとなくわかってきた。トミさんは知っているのかな、そんなにも前崎さんと親しくしていることを」

「私たちは後ろめたい関係ではないのよ」

「まわりはそうは見ない。おれは貴代子さんを信じるけれど、しかし、もう少し慎重に行動したほうがいいとは思う」

ドアがノックされ、白ワインとオードブルが運ばれてきた。ボーイが去り、達朗はふたつのグラスにワインをつぎながら、やはり珍しく皮肉のこもった口調で言った。

「しかし貴代子さんは贅沢なひとだな。家ではトミさんやおやじにしっかりと守られ、一歩そとにでると前崎さんや夏子さんたちのような友だちにガードされている」

「窮屈《きゅうくつ》な場合もあるわ」

「まあ、貴代子さんはそういう星のもとにうまれてきたんだろう。でも、これからはおれも多少は頼りにしてもらいたいな。おれも今年で三十一になる。いくらかは力になれると自惚《うぬぼ》れている」

その言葉から、達朗が前崎や夏子に淡い嫉妬をいだいているのだと、貴代子はようやく納得した。と同時にうれしくもあった。達朗なりに姉のことを気づかってくれているその気持を知って、あらためて肉親のよさというものを胸のなかでかみしめる。

「そうね、これからはしっかり者の弟をあてにするようにしましょう。いちばん身近にいてくれるのですものね」

「おれは辻沢さんより強情だから、おやじとやりあうこともあると思うけれど」

貴代子はほほ笑み返す。

多重子との一件以来、達朗は急速にたくましくなったようだった。心に受けた傷をかかえて、その場にうずくまってしまう人間もいるけれど、彼においてはそれは、これまでの自分から脱皮するバネとして働いたのかもしれなかった。恵まれなかった少年の頃に身につけたしたたかな生命力が、今ようやくまっすぐに噴《ふ》きだしはじめている。

自分の愚かしさを貴代子は痛感した。達朗のこうした一面をもっと早くに見抜いていたなら、彼の多重子への気持を打ち明けられたときに、ありのままを話すべきだった。小細工を弄《ろう》して、秘密をかくして、ふたりを結びつけようと、やっきになっていた自分の、なんと滑稽なことか。多重子にも苦行《くぎょう》を強《し》いていた自分のまったくのひとりよがり。

「あなたには残酷な過去を思い出させるかもしれないけれど、私はあなたという弟がいたことを心から感謝しているわ。いろいろとあったけれど、すべて円満にゆきそうだし……」

そう言いながらトミ子を思い浮かべる。達朗の同居は、トミ子も手放しで歓迎していた。辻沢と再婚したときよりも、はるかにその反応は強かった。あるいは、と貴代子は期待する。トミ子の関心が自分と修平だけではなく、達朗にもそそがれていったなら、あの家の空気も変わってくるかもしれない——。

そとで働いてみてはどうか、そう言った前崎のすすめが、明るい気分のなかでよみがえってきた。

「ねえ、達朗さん、私が仕事を持つことを、あなたはどう思うかしら」

「貴代子さんが？」

達朗は飲みかけのワインに少しむせた。

「なぜ急にそんな考えを」

「生活を変えてみたくなったの」

そくざに達朗は言いきった。

「むりだよ。悪いけれど、貴代子さんの神経と生活感覚ではやってゆけない。職場にはいろんなタイプの人間がいる。貴代子さんはそれに対応できる神経の持ち主じゃないからね」

言葉を途切らせてから、達朗はわざと陽気な口ぶりになった。

「だいいち、最大の障害はトミさんだよ。トミさんの描いている、こうあるべき貴代子さんのイメージを裏切ってしまう。それはトミさんにとっては、すごい挫折だ。彼女はどんな手段にうったえても妨害する」

断言のその口調につられて、貴代子はこれまでトミ子が仕組んだかずかずをとっさに反芻《はんすう》していた。

おそらく前崎との離婚にもトミ子はからんでいるだろう。多重子に辻沢の夜の相手をさせ、妊娠した彼女を中絶させたのもトミ子。父の英太郎にそのことを告げ口し、辻沢を家から追い払うのにも成功した。多重子と交際しだした達朗に、辻沢との件をしゃべったのもトミ子だった。そして、すべてはトミ子の望む方向に進んできた。

これら一連の出来事を思い出すうちに、勢いこんでいた貴代子の心は、急速にしぼんでいった。トミ子の行動は大胆で予測がつかなかった。しかもその大胆さを支えているのは、貴代子への執着であり、愛情だとトミ子は信じきっている。

開かれていた心が、たちまちに暗く閉ざされてゆくのを貴代子は感じた。そんな貴代子を達朗は慰めた。

「人間には向き、不向きがあるのじゃないかなあ。おれは貴代子さんは今のままで十分だと思っているよ。せちがらい世の中にいて、貴代子さんのちょっと浮き世ばなれしたセンスは、なんだかほっとする。だから貴代子さんが変わらないでいてくれたほうが、おれとしてはありがたいんだ。それが結局まわりみんなの幸せにつながるのだから」

最後の台詞《せりふ》を、貴代子はつらい複雑な気持で聞いた。

さらに達朗はつづけた。

「同居したいと思ったのも、貴代子さんのその雰囲気が好きだから。一日の勤めから帰って、おっとり、ゆったりした貴代子さんの顔を見れば、どんなに心がなごむだろうと。おれは家庭の団らんというものを知らずに育ってきたから、余計にそう思う」

達朗の言葉は真綿のように貴代子を縛りつけてきた。弟にやさしくありたいという思いも、いっそうしめつけてくる。

数日後、多重子が家をでて行った。

10

多重子が家をでて行った、というトミ子からの電話を受けた貴代子は、すぐさま荷物をまとめてホテルを引き払い、宮の森の自宅に帰った。

平日の昼前、家にはトミ子だけがいた。修平はいつも通りに学校にいったという。多重子の不在については、トミ子が適当に言いつくろい、事実はまだ修平に伝わってはいない。

「一体どういうことなの、トミさん」

貴代子は帰りつくなり、居間のソファに浅く腰かけ、ややとがめの口調で言った。トミ子と激しくやりあったのではないか、と連絡のあと、すぐにそう思ったのである。

トミ子はうろたえた様子もなく、不機嫌な顔つきで、その細い目の奥には腹立ちの強い光がひそんでいた。

「私にもわけがわかりませんよ」

言いながらトミ子はエプロンのポケットから一通の白い封筒を取りだした。きっちりと封をされたそのおもてには「貴代子奥さま」と記され、黒インクの筆跡は多重子のものだった。

トミ子あての置き手紙もあり、そこにはこの三年間の礼が短く述べられていた。

貴代子はその場で封を切った。読みやすく几帳面な文字が、乱れた箇所もなく並んでいる。

文面は、まずおわびからはじまり、修平に対する愛情と心残りの思いがたっぷりと書かれ、次にいきなり、辻沢のもとに行く、とやはりためらいのない筆致《ひっち》でつづいてゆく。

辻沢の夜の相手をするのは仕事のひとつと考え、どんな感情も介入していなかった。それが変化したのは妊娠したときであり、その心の変化は辻沢の側にも生じた。彼は、妊娠から中絶にいたるまで、こまやかな配慮と心づかいを示し、ベッドの中での寡黙《かもく》さからは想像もつかなかったほど、言動のはしばしにやさしさをにじませた。「私ははじめて旦那さまから話しかけられたという気持がしました」

ふたりの心は急激に接近していった。辻沢は、多重子が中絶したときから、そして義父の耳にこの一件が届いていなかったときから、この家から追いだされるだろうと、ひそかに覚悟していたし、多重子にもそう打ち明けていた。

貴代子にすすめられるままに達朗との交際にふみきったのは、辻沢も賛成したからで、多重子もまたやり直さなくては、と思った気持は嘘ではなかった。

けれど、結局、辻沢は博多にとばされた。博多に発つ前、彼は、近いうちに離婚することになるだろう、そう多重子につぶやき、実際に予想はあたった。

多重子の動揺は、辻沢の博多行きが決定してから一挙に深刻なものになりだした。貴代子をあざむいて、達朗と会っているふうを装ったのもそのためだった。

しかし迷いは、ある日ふっきれた。達朗が父の会社に入社し、この家に同居すると聞いて、多重子はもうここに自分がいる必要性はなくなったのだと知った。修平にしても今はまだ中性的な幼さでまとわりついているけれど、あと、二、三年もしたら男の子らしい自我にめざめて、住みこみの家庭教師、しかも女性のそれは、うとましいだけになるに違いない。

多重子の手紙は最後のほうにきて、くり返し貴代子に謝罪していた。

「奥さまの期待を、私はことごとく裏切る結果になってしまいました。ただ、辻沢さんの子を身ごもったとき、ひと言の責めもなく、うむようにと言ってくださった、あのうれしさは一生忘れません」

貴代子が読み終えてテーブルに置いた手紙に、トミ子は待ちかねていたように手をのばす。

以前に前崎が目撃したという病院の玄関先の光景を、貴代子はぼんやりと思い描いた。多重子の退院を迎えにいった辻沢、ふたりの親密そうな雰囲気。

多重子が突然に家をでていった、という最初の驚きが次第に薄れてゆくにつれて、貴代子の胸には、祝福に似た気持が広がりだしていた。

これでよかったのだ。現在の辻沢にとっては多重子の存在は大きな慰めになるだろうし、多重子もこの家からはなれて、だれに吹きこまれたのでもない自分の心に忠実な生き方をすべきなのだ。あのふたりなら、多分、寄り添いながら、自分たちの幸せを着実に築いてゆくだろう。この家で営まれていたすべてを、きれいに忘れ去り、あらたにやり直してほしい。

「まったく勝手なものですね」

トミ子がいまいましげに吐きすてた。

「あれだけ奥さまの世話になりながら、手紙ひとつででていく。しかも、こともあろうに辻沢さんのところへ逃げこむなんて」

「トミさん、ふたりのことはもうそっとしておきましょう。私としては、これでようやくあの人たちへの罪ほろぼしができたような気がするの」

「罪ほろぼし？　奥さまは何も悪いことはしてないじゃないですか」

「それよりも多重子さんがいなくなって、家のほうの人手がたりなくなるわね」

「あ、それなら大丈夫です」

トミ子は得意げに表情を広げた。

「ちょっと心当たりがあるんです。遠縁にひとり暮らしをしている未亡人がいましてね、四十代の後半ですが、その人に声をかけてみたいと。どうでしょうかね、奥さま」

まるでこの日を予知していたようなトミ子のげんきんな言葉に、一瞬、貴代子は不気味さを感じた。

辻沢のもとへいくようにそそのかしたのは、あるいはトミ子ではないのか、ふいに浮かんだ疑いを、あわてて払い落とす。トミ子にとっても、多重子はけっして邪魔者ではなかったはずだった。上手に手なずけてもいた。

ソファから立ちあがり、二階の寝室へ行こうとした貴代子に、トミ子はあらたまった口調をむけてきた。

「達朗さんから聞いたのですけど、奥さまはまだ前崎さんとしょっちゅうお会いしているそうですね」

「彼は修平の父親よ」

「違います。修平ちゃんの父親はとりあえず辻沢さんでしたけど、じつはそうではなかったと、私はこのところずっと修平ちゃんに話して聞かせているんです。で、そのうち必ず本当のパパがあらわれる。それは前崎さんではありません」

「本当のパパ？」

「ええ。奥さまと修平ちゃんにもっともふさわしい男の方です」

あきれはてて貴代子は言い返す。

「そんなおとぎ話を修平にしゃべるのはよして。じつはね、トミさん、前々から考えていたの。修平をきちんと前崎に引き合わせようと」

トミ子の顔面がゆがんだ。嫌悪をむきだしにした。

「あんな男は修平ちゃんの父親なんかじゃありませんよ」

「トミさん、彼は公平に見て、だれの目にもちゃんとした男性であり人間なの。あなたの好き嫌いで判断するのはいけないわ」

くやしそうにトミ子は押し黙り、やがて、くぐもった声で視線をそらしながらたずねた。

「いつ頃ふたりを引き合わせるつもりですか」

「具体的には決めていないわ。でもその前にそれとなく修平に言っておかなくては。あの子にも心の準備が必要でしょう」


その夜遅く、貴代子専用の電話のベルが鳴った。夏子からである。

「いきなりホテルをチェックアウトしたと聞いて、どうしたのかと心配になったのよ」

ホテルを引き払うさいに、前崎には連絡しておいた。夏子の店にも電話をかけたのだが、あいにく外出していたのだった。

貴代子は多重子の件を説明した。夏子は意外な展開に、とっさには返答できない様子だった。

「――でもね、このことで目の前が、なぜか少し明るくなったような感じなの。それで思いきって修平を前崎に会わせようという気持が固まってきたわ」

「そう。前崎さん、喜ぶでしょうね」

そう言ってから夏子はつかのま口ごもり、今夜で二回目の食事の招待を、貴代子の父から受けてきたところだと遠慮がちに告げた。父は、娘が世話になっている、せめてものお礼だと言っているという。

「でも二回もなんて、なんだか恐縮してしまうわ。たいしたこともしていないのに」

「きっと父も夏子との食事を楽しんでいるのよ。利用できるのなら、うんと父を利用して。仕事の相談でも何でも」

そんなふうに夏子をけしかけながら、貴代子は不思議な満足感をおぼえていた。多重子が辻沢のもとに走ったことにも、時間とともに同じ感情がわきはじめ、貴代子はその快さをかみしめつづけた。

貴代子がホテルにいるうちからはじめられていた辻沢の書斎の模様がえは、二月の最後の週に終了した。達朗の希望で、暗緑色を基調にした部屋ができあがった。彼は今の職場を三月末日で退社する予定で、引越しはその前後と貴代子は想像していたのだが、新しくなった部屋を見た達朗は、早々に移ってきたいと言いだした。

ただ、トミ子の遠縁にあたる女性が三月に入らなければ、身辺整理などで、こちらに越してこられないため、それを待って達朗が入居することになった。

こうしたいっさいの経過や事情は、すべてトミ子を通して貴代子に伝えられた。達朗もまたこまかな雑事を姉の耳に入れるのをはばかってか、もっぱらトミ子に相談を持ちかけているらしい。

トミ子の遠縁だという女性は西田といい、トミ子からわたされた履歴書からしても、これといって面倒なものをかかえている女性ではなかった。この家に入りこむ人間にはひどく用心深いトミ子がすすめる女性なら、まちがいはないだろう。

久しぶりにトミ子は晴れやかな表情をして張り切っていた。この家を自分が取り仕切っているのだという手ごたえと充実感を、心ゆくまで味わっているらしい。

そんなトミ子を眺めていると、貴代子はこれまでのさまざまな家庭内のトラブルやそれに伴うわずらわしさを、いっとき頭から追い払い、この家のことはトミ子にまかせておけばいいのだという気持にしぜんとなってゆく。そうすれば、何事もなめらかに処理され、平穏《へいおん》が保たれる。

振り返ってみれば、トラブルが生じたその具体的なきっかけは貴代子だった。貴代子がこれまでになくトミ子の異議や反対を押し切って、まわりを動かそうとしたのが原因で波風を立てる結果をまねいた。

トミ子の指示にさからった自分の言動が、状態を悪化させたのか、多少とも風通しをよくさせたのか、今のところ貴代子にはわからなかった。

ただ漠然と、今後はさほどトミ子と反目しあわずに、落ち着いた生活を取りもどせるような気がした。おかしなことに、辻沢や多重子に対するトミ子の仕打ちやたくらみに、あれほど頭を熱くさせ逆上したのに、ふたりがこの家からいなくなってはじめて貴代子は、落ち着いた生活、の発想がわいてきたのだった。心の底では、辻沢と多重子を目ざわりに思っていたのだろうか……ふいにひらめいたその考えに貴代子は狼狽した。あわてて思考を切りかえて、順調にゆくであろうこれからの暮らしのあれこれを思い描く。

達朗を迎えた家の雰囲気は明るく開放的なものに変わるだろう。

辻沢と多重子の夜の関係のように、暗黙の秘密を守らなくてはならない事柄もない。

さらにトミ子の変化も期待できた。おそらく彼女の関心は貴代子と修平、達朗に三等分され、そのぶん貴代子への注目は弱まるに違いない。同時にトミ子の生きがいの対象はふえる。

トミ子がどのように説明し、納得させたのか、修平は多重子の失踪について、しつこく貴代子にたずねなかった。宿題などをやりながらのひとり言めいた口ぶりからすると、多重子は入院中で、もしかすると、もうもどってはこないかもしれない、そう思っているらしい。多重子が中絶のため一週間ほど入院していたベースが、皮肉にもここにきて役立っていた。だが修平のそのひとり言は、多重子のいない淋しさを、自分自身でまぎらわし、自分に言いふくめているようにも聞こえ、貴代子はそっと視線をそらす。父と思っていた辻沢と引きはなされ、次に多重子を失い、トミ子がいるとはいえ、修平の心が打撃を受けていないはずがなかった。

その修平も、この春で三年生になる。容貌は日ましに前崎に似てきていた。

前崎に会わせよう、と決意はしたものの、貴代子はまだ何も修平には切りだせなかった。彼の幼い頭と心を混乱させず、これまでの事情をどうかいつまんで話したらよいのか、うまく言葉が思いつかない。

また、辻沢と多重子のふたりを失って日も浅いうちに、別のショックを与えるのも、子供心には、あまりにも負担が大きすぎるのではないか。

トミ子はあれ以来、前崎については貴代子に問いたださなかった。貴代子にきくよりも先に達朗の口から状況を把握できるからだろう。

ゆったりとした本来の貴代子のペースで日を送るうちに、カレンダーは三月に入っていた。

新しい住みこみのお手伝いの西田がわずかな荷物を持って越してきた。数日後の土曜日には達朗もこの家の一員となり、その夜は、ふたりの引越し祝いがささやかにおこなわれた。同じ敷地内に住む父も、お手伝いの女性をつれてあらわれた。

「達朗、よくきたな。これはわたしからの祝いだ」

柔らかな布でつつまれたそれを開くと、真新しい白木の表札だった。たっぷりと墨をふくませた筆文字で、達朗と貴代子、修平の名前が並んでいた。

トミ子がとっさに声を弾ませた。

「何よりのお祝いじゃないですか、達朗さん。本当によかったこと、本当に」

感激のあまり、トミ子は目をうるませた。その姿は、息子の幸せに感涙する母親そのもののようだった。

達朗もまたトミ子に黙ってうなずき返し、つかのま声をつまらせていた。

11

「夏子、言っている意味がわからないわ。お願い、冷静になって」

貴代子は受話器にむけて、数回それをくり返した。

夏子は興奮し、取り乱し、そのあいだに涙声がまじる。三月も下旬になった二十五日の午前中だった。修平はその日から二週間の春休みに入っていた。

「……前崎さんが、あぶないの、病院で危篤状態……たった今、私にも連絡があって……貴代子、早くいかなくては……」

受話器を置いてから、貴代子はタクシーを呼び、コートとバッグを手に寝室をとびだした。階段をおりる荒い足音に、居間で掃除機をかけていたトミ子が驚いて振り返り、スイッチを切った。

「どうしたんですか。顔色がまっ青ですよ」

「前崎が危篤らしいの」

「まあ……で、ご病気か何かですか」

「くわしいことはまだ……とにかくいってきますから」

「はい。お気をつけて」

街中にある総合病院にタクシーで駆けつけ、受付で教えられた集中治療室に小走りにいそいだ。

しかし、前崎はそこにはおらず、数メートルはなれた個室に移されていた。危篤状態を脱したのかもしれない、と淡い望みをたくす。

病室のドアを開けたとたん、白い布をかぶせられた顔が、それだけが大きく視界に迫ってきた。

「……あなた……」

まわりは目に入らなかった。金属製のベッドと、なだらかに盛りあがった白い毛布に視線はくぎづけにされた。

よろめくようにして進み、貴代子は前崎に取りすがった。

「どういうこと？　あなた、どうしたの」

頭の中は空白になっていた。空白のまま、貴代子は床に両膝をつき、前崎の体に手をまわして、嗚咽《おえつ》をもらした。

獣じみたその声が自分のだと気づいたとたん、ようやく貴代子は前崎の死を実感した。声はとまり、かわりにおびただしい涙が流れでた。

「貴代子、しっかりして」

そばにいたらしい夏子が貴代子の片腕をにぎりしめて立ちあがらせた。

病室には前崎の両親や会社の人々がつめかけていた。それにもはじめて目がゆく。

「お義父《とう》さま、お義母《かあ》さま、これは一体……」

かつて義父であった前崎の父は目を赤くし、どもりながら答えた。

「こんな死に方をして……息子は……せがれは、どんなに無念だったことか……」

そのあと貴代子は夏子に抱きかかえられるようにして、廊下のベンチへ場所を移した。

腹部を二ヵ所刺された前崎が、ススキノの人通りの少ない路地で発見されたのは、明け方近くだったという。すぐに救急車が呼ばれ病院に運ばれたが、出血多量のため、手のほどこしようがなかった。

現段階では目撃者はいないが、酔って喧嘩を売られたのか、もしくは暴漢におそわれた、というのが警察の見方らしい。というのも前崎には抵抗の痕跡《こんせき》がなく、彼の財布が、現金だけを抜き取られたそれが、ややはなれた路上に捨てられてあった。数枚のクレジット・カードは残されていた。

「でも、そのおかげで前崎さんの身もとがすぐに判明したの。それがなかったならと思うと……意識はついにもどらなかったらしいわ」

夏子の話を聞きながら、哀しみの涙は怒りの涙にすりかわっていた。

前崎はいくら酩酊《めいてい》しても、他人にからむような性分ではなく、喧嘩を売られても、適当にはぐらかすやり方を心得ていた。

おそらく、ゆきずりのチンピラのような相手にねらわれたに違いない。なんという運の悪さなのか。

それとも、貴代子の知らない部分で、他人に憎まれ、恨まれるようなことをしていたのだろうか。怨恨《えんこん》と思われないために、犯人はわざと現金だけを奪って逃げたのか……。

前崎の経営していたリサーチ会社の専務、といってもまだ三十代の男性が病室からそっとでてきた。伏し目がちに告げる。

「お通夜は一応あすの晩の六時からということに……」

そして寺の名前と住所を、やはり小声で伝えた。

彼がふたたびドアの内側に消えたあと、夏子はまたあらたににじんできた涙をハンカチでぬぐいながら言った。

「私たちは引きあげましょう。かえって邪魔になるかもしれないから」

「でも夏子……」

「気持はわかるわ。きょうは私たちで彼のお通夜をしましょう」

またもや強い哀しみが貴代子の胸に宿った。

「前崎は修平に会いたがっていたのに……口にはださなくても、どんなに会いたいか、それを知っているのに、私は……私は何もしてあげられなかった……」

「さあ、いきましょう」

病院の玄関わきの公衆電話を使って、夏子はブティック「ハラモト」に連絡し、手短かに説明し、きょうは店にでられないという断わりを入れた。

それからふたりはタクシーにのって宮の森の家にむかった。

前崎が不慮の事故で亡くなったという話を、トミ子は神妙な面持ちで聞いていた。

貴代子の寝室で、夏子がその役を引き受けてくれた。

「それでね、トミさんにお願いがあるの。いえ、私じゃなく貴代子のかわりに」

何でしょう？　とトミ子が目で問いかけてくる。

「あすのお通夜と翌日の告別式に修平ちゃんをつれてゆきたいの。だから、それ用の子供服を用意してもらえないかしら」

トミ子の顔に表情があらわれた。目もとが拒否と嫌悪にゆがんだ。

「それはどうかと思いますよ」

「前崎さんは父親でしょ。これが最後のお別れになるのだから」

トミ子はこれ見よがしに平然と夏子を無視した。ベッドのはしに腰かけている彼女から、ベランダのそばの肘掛け椅子にすわっている貴代子のほうへ首をまわした。

「奥さま、何回も言ってるじゃないですか。大人の都合に子供を巻きこむのは残酷です。修平ちゃんは前崎さんのことはおぼえてません。その修平ちゃんにどう言ってお通夜につれていくのですか」

貴代子はうつろな口調で答えた。

「本当のことを話すわ」

「とんでもありません」

トミ子の形相が激しく変わった。

「それでなくとも、このところゴタゴタつづきで、修平ちゃんは修平ちゃんなりに小さな心を痛めてるんですよ」

「でもあの子は快活にふるまっている。前崎の性格と同じだわ」

勝ち誇った顔つきになってトミ子は言った。

「奥さまに余計な心配をかけまいと、これまで黙ってましたけど、修平ちゃん、この頃ひどく寝つきが悪いんです。夜中に夢にうなされて大声で叫んだり。お医者さんに相談してみようと思っていた矢先に、こういうことが」

夏子が口をはさんだ。

「どうしてそういう大事なことを貴代子に教えなかったの」

あきらかに侮蔑をこめた笑《え》みを、トミ子は夏子にそそいだ。

「ご存じないでしょうが、この家にはこの家のやり方があるんですよ」

夏子も皮肉っぽく言い返す。

「そうらしいわね。いっぷう変わったわが家のルールってものが」

それから夏子はベッドから立ちあがり、トミ子をにらみつけるまなざしになった。

「トミさんがそこまで言い張るのなら、もう頼まない。これから私が修平ちゃんをつれてデパートに行ってくるわ。いい？　トミさん、前崎さんは彼のじつの父親なの。その彼が亡くなったの」

夏子の態度にかっときたのか、トミ子は思わず本心をもらした。

「亡くなったのは自業自得ですよ。ええ、私はすっきりしましたよ」

「自業自得？　すっきり？　よくもそんな言葉が言えるわね」

「そうじゃないですか。奥さまがいながら浮気したりして。私は信じてました、前崎さんはろくな死に方をしないと」

「それを言うなら、たった一回の浮気ぐらいで、彼の言いぶんをろくに聞きもせずに、むりやり離婚に持ちこんだ貴代子の側にも問題があるでしょ。貴代子が、とは言わないわ。貴代子のまわりにいる人間が、まるで前崎さんの浮気を待っていたかのように、すばやく動いたわよね、あのときは」

そうぞうしいのはやめてほしい、と思いながらも、貴代子はふたりの口論を、なぜかとめられなかった。

トミ子にむけて対等に言いつのってゆく夏子の姿は、そうありたかった、あるいは、そうすべきであった自分を体現しているようで、なんということもなく見とれてしまっていた。

もはや夏子は本気で腹を立てていた。

「貴代子、トミさん相手じゃ話にならないわ。私、修平ちゃんをつれて、ちょっとでかけてくる」

バッグを引き寄せ、ドアに進みかけた夏子のわきをすばやくすり抜け、トミ子はドアの前に立ちふさがった。背中をドアに押しつける。

「そんな勝手な真似はさせませんよ。ここをだれの家だと思っているんですか」

夏子はあっけに取られてその場に立ちすくんだ。貴代子も普通ではないトミ子の顔に気づく。

トミ子は全身から透明な憎悪の棘《とげ》を無数につき立てたような殺意をみなぎらせ、食らいつくような目で夏子を見返した。

「お節介はやめてくださいよ、夏子さん」

それから言葉づかいが、いきなり変化した。

「あんたはこの家のことは何も知らないじゃないか。奥さまに取り入って、味方して、それでまた洋服をいっぱい買ってもらおうというこんたんなんだろ。私はね、この家を守るために必死にやってきたんだ。あんたや前崎にそれをこわされてたまるものか」

数分間の沈黙ののち、呆然としているふたりを残してトミ子はでていった。

夏子が大きなため息をつく。

「まいったわねえ。あの調子じゃ、修平ちゃんをお通夜につれてゆくのはむりかもしれない」

しかし貴代子はトミ子の言いぶんももっともだと思わないわけではなかった。

辻沢や多重子のことで、修平はこちらが想像していた以上に神経を疲れさせているのかもしれない。寝つきの悪さ、夢にうなされるといったことも、おそらくトミ子の作り話ではないだろう。そこにまた前崎の死を加えたなら、修平の心は破綻をきたしてしまうかもしれなかった。

だが、そうなると、前崎の望みは、ついにかなえてやれなくなる。彼にはたくさんのことをしてもらったにもかかわらず、こちらが与えたものは、ないに等しかった。彼のたったひとつの要求さえ、自分は応えてやれないのか、貴代子の涙腺《るいせん》はふたたびゆるんできた。

そんな貴代子を横目で眺めながら、夏子は徒労感をはりつけた口調で言った。

「ようやく貴代子の気持が理解できたわ。そして前崎さんが、どうして、あんなにもあっさりと離婚に応じたかも。彼はいやというほど、わかっていたのね、トミさんのすごさというか、思いこみのすさまじさが。あれがもっとエスカレートしていったなら、どちらかが血を見るようになるかもしれない。まったく最悪よね」

貴代子はベランダのそとに目をやった。雪どけの季節のなかにあって、庭は雪と土と水に汚れきっている。

「修平のことはあきらめるわ。そのかわり修平のいちばん最近のスナップ写真を、彼の柩《ひつぎ》に入れてもらう……結局、前崎に対してそれぐらいしかできないなんて、われながら情けないわ」

言いながら、涙がとめどもなく流れ落ちた。

夕食は夏子が寝室に運んできたけれど、どちらもほとんど食欲がなかった。

食後、ブランデーを飲みながら、前崎の思い出を、とりとめもなく語りあい、涙ぐみ、ときに苦笑し、といったことをくり返した。

途中、城岡から電話がかかってきたが、貴代子も夏子も、彼をここに呼ぼうとは考えなかった。女同士だからこそ、さらに先刻のトミ子の実体を目のあたりにした者だからこそ、話の通じる部分が少なくない。

九時をすぎた頃、ドアがノックされた。達朗だった。

「いらっしゃい。夏子さんでしたよね。一回だけお会いしたことがあります」

愛想よく夏子に笑顔を見せてから、達朗は真顔《まがお》になった。

「トミさんがひどく興奮しているんだ。やっぱり修平をお通夜につれてゆくつもりなの？」

「よすわ。トミさんにそう伝えて。ごめんなさい、達朗さんにまで心配かけて」

返事のかわりに彼はほほえみ、夏子に会釈をして立ち去った。

「何年ぶりに達朗さんにお会いしたのかしら。いい男になったわねえ。でも、あなたたちを並べても姉弟には思えない。同じ美形でも、まるでタイプが違っているわ」

五月も中旬に入った夜、前崎の四十九日の法要が、札幌市の中央区の寺でおこなわれた。

彼を殺害した犯人はまだ検挙されていない状況のため、法要はごく近しい者たちだけで、ひっそりといとなまれた。

貴代子は修平をともなって出席した。この日だけはトミ子にいっさい口だしはさせず、ゆき先も告げずに外出したのだった。

といってもトミ子はあすになれば修平から一部始終をききだしてしまうだろう。

修平にはくわしい説明はしなかった。「ママの昔からの親しい方が亡くなった」という貴代子の言葉に、この春、小学三年になった修平は「どうして、ぼくも一緒に行くの?」と不思議そうに問い返した。

「修平は赤ちゃんだったからおぼえていないでしょうけれど、その方はとても修平を可愛がってくれたの」

前崎の両親にも、口うらをあわせてくれるように、事前に電話で頼みこんであった。

告別式から約ひと月半ぶりに会った前崎の両親は、貴代子の異様なまでの痩せ方と憔悴《しょうすい》した顔につらそうな目をむけ、次に修平に視線を移したとたん表情をやわらげた。小声でささやいた。

「あの子の子供の頃にそっくり」

が、一瞬後には、両親は泣き笑いの顔になって修平の頭を撫《な》でていた。

チャコールグレーのブレザーに同色のズボン姿の修平は、法要のあいだ中、大人たちにまじって行儀よく、神妙な顔つきを保ちつづけた。もしかすると、修平はすべてをわかっているのではないのか、と貴代子が早とちりしそうなくらいだった。

前崎の位牌の前で修平が幼い掌をあわせたとき、思わず貴代子は涙ぐんだ。手遅れではあるにしろ、ようやく前崎の望みをかなえることができた。その一方では、彼の死と引き換えのようにしなくては修平を連れだせなかった、トミ子にさからえなかった自分の意気地のなさを、あらためて後悔した。

読経のあと、貴代子はすぐさま帰り仕度をはじめた。それも前崎の両親から了解をえていた。料理と酒が並んだ席では、大人たちのなにげないおしゃべりや好奇のまなざしによって、修平に事実を、しかも、かなり歪曲されたそれを気づかせてしまう恐れがある。

両親は名残り惜しそうに寺の玄関先まで見送りにやってきた。前崎の母は目をしばたたかせながら言った。

「そのうち、また会えますよね」

夏子と城岡は法要にはまねかれていなかった。

帰りのタクシーの中で、緊張から解放された修平はぐったりと座席シートにもたれかかり、しきりとあくびをくり返した。

自宅に到着した頃には熟睡しきっていて、いくら体をゆさぶっても目をさまそうとしない。仕方なく貴代子は修平を抱きかかえてタクシーからおりようと、修平の両肢と背中に腕をまわした。だが貴代子は自分の非力さを思い知らされた。小学校のクラスでも、ちょうどまんなかぐらいの背丈と体重の修平なのに、貴代子はその体を持ちあげることすらできない。何回も試みたが無駄だった。そのくせ、貴代子の額は大仕事を終えたあとのように汗ばんでいる。

「恐れ入ります、運転手さん、玄関までこの子を運んでいただけませんか」

チップをはずむと中年の運転手は快く車からおりてきてくれた。仔犬を抱きあげるような簡単さだった。

玄関のチャイムを鳴らすと同時にドアを開けたのは、新しいお手伝いの西田で、やはり運転手の腕から軽々と修平の体を抱き取ってしまう。

「トミさんは?」

「頭痛がするとかで、お休みになりました」

達朗はまだ帰宅していない。辻沢と同じく父の会社に入った彼は、連日仕事に明けくれていた。

四十代のお手伝いの西田が足をふらつかせることもなく修平を部屋に運んでゆく後ろ姿をつかのま眺め、貴代子は二階の寝室へむかった。

赤ん坊の頃から、修平の世話のほとんどはトミ子がしていた。貴代子がそれをトミ子に押しつけたというのではなく、またトミ子のほうからしゃしゃりでたというのでもない。

だが結果として、修平をここまで育てあげたのはトミ子だといえるだろう。実際、貴代子はここ数年、修平の体の重さを知らずにいた。そして先ほどの腕の力のなさは、わが子がいながら、そういう訓練をまるでしてこなかった証拠ともいえた。

ホテル住まいをしていたとき、前崎がいつもらしからぬ説得の口調でしつこく言っていた言葉が、ふたたびよみがえってくる。

「家をでて修平とふたりで暮らしてはどうか」「そとにでて仕事についてはどうか」

前崎が亡くなってから、それは彼の遺言のように思われてならなかった。前崎はこの家の事情については知りつくしている。トミ子がまるで貴代子の分身みたいに、この家に根をおろし、何事も取りしきっているのも、いやというぐらい承知している。さらには貴代子がこの家をでるということが、どれほど難しいのかも。

その彼が、くどくどしい言い方はせずに、短く、力強く、結論だけを口にしたのは、よほど熟慮したうえであり、打算なしに貴代子と修平の身によかれと考えたからに違いない。

だが残念なことに、前崎が生きているうちは、その言葉を切実に感じなかった。亡くなって、はじめて重く心にのしかかってくる。けれど、実行するには前崎の支えがあってこそ、と彼の死後に気がついた。彼の支えなしでは心細さばかりが先に立つ。

寝室のベランダのガラス戸を半分だけ開けてみた。これといった解決策も見つからず、決意もつかないにもかかわらず、前崎の遺言めいた言葉だけが頭のなかをかけめぐり、考えるほどに息苦しくなってくる。

芝生をしきつめた庭の常夜灯が、数本の桜の樹をぼんやりと照らしていた。今年の札幌の桜は、例年通りに五月の最初の週に満開を迎え、そして、いつものように散るのも早かった。

けれど中心部をはなれた家々の庭では、今を盛りと咲き誇っている桜も少なくはなく、貴代子が眺めおろす樹々も、澄んだ夜気のなかで、やや白っぽい可憐な花びらをふるわせていた。

一年前の四月、城岡とまちがいを起こしてしまった。たった一、二回の関係で苛立《いらだ》ちが生じてきたのは、貴代子の心のどこかで、まちがいだとはっきり勘づいていたからだったのだろう。

そう、相手をまちがえたのだ。本当は前崎にむかってゆきたかった気持を、城岡へとねじまげた。当時は辻沢がいたから。形式的な夫であろうとも、現在の夫の存在を無視して、過去に夫であった前崎とかかわることは、貴代子なりの節度が許さなかった。辻沢をこれ以上かたちだけの夫にしてしまうのは残酷すぎた。

辻沢は、刑事が事情聴取に博多にまでやってきて、そこではじめて前崎の死を知ったというその日の夜に、貴代子に電話をかけてきた。相変わらずおだやかで、わだかまりのない口調だった。

「大変だったな。大丈夫か、貴代子」

「ええ、どうにか」

「まったく何が起こるかわからない世の中だ。きみも修平もくれぐれも用心してほしい」

同情のこもった、ため息まじりの辻沢の声に、貴代子は打ち沈んでいた気持をむりやり引きあげた。

「父の会社に辞表をだされたそうですね」

「ああ、三月いっぱいで退職した。だが安心してくれ。もう再就職したからね。小さな職場だが楽しくやっている」

虚勢を張っているのではない、そこはかとない明るさをおびたひびきのかげに、多重子の気配が感じられた。

「あなた、多重子さんと暮らしているのでしょう？　こんどこそ、お幸せになってくださいね」

「……そんなふうに言ってくれて、わたしの気持もようやく晴れた……修平はどうしている？」

「そのうちそちらの住所を教えてくれますか。もしよければ、修平の写真をお送りしましょうか」

「ありがたい。落ち着いたら連絡するよ……とにかく貴代子、気をしっかり持って。つらいだろうが、修平にはきみが必要なのだから、これだけは忘れないように」

前崎を刺殺した犯人の捜査は、ひとりの目撃者もなく難航していた。やはり、ゆきずりの犯行なのかもしれなかった。

庭の桜が夜の色のなかに、数枚の花びらを散らせた。春先の名残り雪のようにも見えた。

翌日の正午前、夏子から電話があり、きのうの法要の様子をたずねてきた。

前崎が亡くなってから、夏子は毎日のように電話をかけてきては、それとなく貴代子を励ましてくれている。父の英太郎とは、ときどき食事などをしているらしく、つい一週間ほど前にも、うっかり口をすべらせた。

「お父さまもとても心配し、心を痛めてらしたわ」

夏子に問われるまま、法要の席上での修平の大人びた態度や、前崎の両親の心づかいについて貴代子は語った。修平を連れてゆくことは、夏子にだけ打ち明けていた。

「ところで、夏子はどう思うかしら。前崎の遺言のような言葉があるの」

貴代子はその内容を思いきって言ってみた。夏子はじっと耳を傾けている。

話の最後に、貴代子は正直に心のうちもさらけだした。

「でね、前崎の言葉を頭のなかでくり返していると、だんだんその気になってくるの。そうするのがいちばんかもしれないって。でも、そのとたん前崎がもういないことに、ようやく気づく。すると急に心細くなって身動きがとれなくなってしまう。いつもの私にもどってしまうのね」

「貴代子」あらたまった声が返ってきた。「お父さまにお話ししてみたら」

「父に？」

「あなたのお父さまは確かに自分の思いどおりにならないと怒りだすわがままな一面もあるのでしょうけれど、他人の私の目から見ると、結局は、娘のあなたが可愛くてたまらないのよ。これまでは、あなたのことを思ってしたことが裏目にばかりでてきたけれど、あなたが自分がどうしたいか率直に言えばわかってくれるはず……あ、貴代子、こういうのはどうかしら。余計なお節介かもしれないけれど、私が近々お父さまにお会いして、布石《ふせき》を打っておくの。それとなくあなたの気持を伝えておけば、ショックも薄らぐでしょ」

「でもトミさんにはどう言えば……」

「仕方ないじゃない、もうこうなった以上はやりあうしかない。最悪の場合はトミさんに家からでていってもらう」

「そんな……」

　想像しただけで貴代子は胸がふさいだ。五十代の半ばをすぎた身寄りのないトミ子を、どうやって追いだせるというのか。二十年以上もこの家で働いてきたトミ子なのだ。

夏子はことともなげに言い放った。

「トミさんの次の勤め先についてもお父さまに相談すれば？　会社のお掃除のおばさんとか、工事現場のまかない婦さんとか、まあ探せばあるでしょう」

貴代子の心はさらに暗くなる。理屈ではなかった。トミ子のそういう姿を思い描いただけで、自分がひどい仕打ちをしたような罪の意識におちいってしまう。

「でも、でもね、夏子。トミさんはね……」

「あやふやなひとねえ。貴代子、だれにでもいい顔をしていたいっていうのは、どだい無理なのよ。いい？　大切なのは、自分が何をしたいかってこと。あなただってトミさんが目障《めざわ》りでならないわけでしょ？」

そこがわからなかった。目障りなときもあれば、そうでない場合もある。トミ子の存在は数式のように明確に答えがはじきだせるものではなく、つねにあいまいにくぐもっている。くぐもったまま、にごりをまき散らしながらも、この家の空気に溶けこんでいる。

返答しかねている貴代子に、夏子はふたたびたたみかけてきた。

「これまでのことをじっくり思い出してごらんなさいな。前崎さんとの離婚、そして辻沢さんと多重子さんのこと、どれもこれもトミさんがからんでいる。はっきり言ってトミさんはあなたに取りついた悪霊《あくりょう》みたいな存在。取り除く必要があるの」

「悪霊だなんて、そんな……」

「まあ、しばらく冷静になって考えてみて。多分、前崎さんも私と同じ気持から、あなたに遺言らしきことを言ったのだと思う。じゃあ、また電話するわ」

貴代子が電話を切るのを待っていたかのようなタイミングのよさでドアがノックされ、西田の声がした。

「奥さま、お昼の用意ができました」

一階におりてゆくと、たくしあげたブラウスの袖で額の汗をぬぐいながら、トミ子が上機嫌の笑顔で迎えた。

「少しでも食欲がでるように、中華風の雑炊を作ってみましたよ。朝から鶏ガラでしっかりスープをとって」

着古したブラウス、汗まみれの顔、そして、ひたすら貴代子のためを思っての献身的な働きぶり——素朴な土の匂いのするトミ子の風貌と、悪霊のひと言は、どうしても結びつかなかった。

十日ほどたった夜の八時すぎ、貴代子は同じ敷地内にある父の家に呼ばれた。

和服姿の父は書斎にしている八畳の座敷で書きもの机にむかっていた。失礼いたします、と貴代子が声をかけても、彼は腕を組んだまま振り返りもしなかった。

夏子から現在の貴代子の心境を聞かされ、いたく機嫌をそこねているのだろうか、と貴代子は怒声を覚悟しながら正座した。

数分後、背中を見せたまま父がようやく話しかけてきた。予想に反して力ない声だった。

「心労がつづいたなぁ、貴代子。辻沢のことが一段落したとたんに前崎くんが亡くなられた。あの若さで、惜しい男だった」

「四十九日の法要に修平を連れてゆきました」

「そうか。わたしもつい先日、線香をあげさせてもらいにうかがった。ご両親の気持を思うと、他人事《ひとごと》には思えなくてな」

「ありがとうございます」

「お前が礼を言うようなことではない。それよりも、貴代子、わたしもいよいよ老いぼれてきたようだ」

「どうなさったのですか」

「うむ……じつは、達朗はどうもわしの息子じゃないらしい」

「まさか。今さらそんなこと」

そう否定したものの、貴代子の頭の中を達朗がかつて言っていた言葉がすばやくよぎっていった。

「おやじがどうしておれを嫌っていたか……自分の息子じゃないと、ずっと死んだおふくろを疑って……おれの記憶にもある……ときどき家におやじ以外の男が……おれをとても可愛がってくれた……おふくろとも楽しそうにしていた……」

　父の話によると、達朗の叔父だと称する五十代後半の男が会社に訪ねてきたのはほぼ半月前だという。突然の訪問ではなく、それよりさらに数日前、トミ子からぜひ会ってもらいたい人物がいると頼まれていた。

　達朗のじつの父親は五年前に亡くなった、とその人物は語りはじめた。きちんとした背広姿の言葉づかいもていねいな礼儀正しい男性だった。父の身構えた心中を読み取ったように、彼は何回も自分には他意がないことを強調し、事実を伝えたかっただけだ、とくり返した。

　ただ残念なことに証拠となる品は何もない、そう彼は言った。唯一、自分が兄から聞いた打ち明け話がそれに該当する。あまりの根拠のなさに父は席を立とうとした。すると相手は、達朗のじつの父のフルネームを口にした。

「ご記憶にありませんか。兄の恥をさらすようですが、昔、この会社の金を横領し、ゆくえをくらました男です。会社の面子《メンツ》にかかわるため表ざたにはなさらなかった。兄はその金で達朗くんの母親であるひとと駆け落ちするつもりだったのです。でも、どたん場にきて彼女は怖気づき逃げだした、そのように聞いております」

　確かにこの横領事件は社内でも、ごくかぎられた人間しか知らなかった。驚きはてている父に一礼すると、その男性はなんの見返りを要求するでもなく立ち去っていった。自分の連絡先を記した名刺だけを残して。

その夜、父のこの家にトミ子がやってきた。

以前から断片的に達朗から思い出話を聞かされていた彼女は、彼の父親は別にいたのではないかと疑いだした五ヵ月前から、調査の専門家に依頼してあった、と神妙に言った。その理由はたったひとつ「この家を、お嬢さまの貴代子さんを、守りたかったのです」。

達朗もようやく父の信頼をえて、父の会社に勤めるようになった。貴代子の家での同居もごく円満にいっている。

しかし辻沢と別れた貴代子はこの先どうなるのか、修平の将来にしても不安でならない。また、このままでは達朗に、近いうちに結婚話が持ちあがってくるだろう。

トミ子は最後の賭けにふみ切った。それが調査会社へ足をむけさせた。もし達朗の父が英太郎でない場合は、彼は貴代子と血のつながりはない。そうなれば、ふたりの結婚も夢ではなく、万事まるくおさまる。この家は安泰となる。調査の費用のため、トミ子はこの二十年の貯えのほとんどを失ってしまったという。

父の話を聞いていくうちに、貴代子は体中の血が逆流してゆくような激しい感情におそわれていた。

だが父の口ぶりは、トミ子を責めるふうではなく、ショックを受けながらも、むしろ、ひそかに期待している微妙な貴代子への媚《こび》が感じられた。

「お父さまはトミさんの話も達朗さんの叔父と名乗った方の話も信じられたのですか。もしかしたら、その男性はトミさんからお金をもらって、そういう役を演じただけかもしれません」

「いや、人品卑しからぬ人物だった。あとで名刺にある電話番号をまわして、もう一度話してみたが、わたしにも思い当たることばかりだった。あの男は嘘はついておらん」

「では、じつの息子ではない達朗さんはどうなるのですか」

ようやく父は肩ごしに貴代子のほうに視線を走らせた。苦々しい笑いが口もとにきざまれていた。

「残念なことに、達朗は優秀な社員でな。クビにするには惜しい。人望もある」

貴代子はふるえる声できき返した。

「するとお父さまもトミさんと同じように、達朗さんと私が結婚するのを望まれているのですか」

答えはなかった。父はふたたび背中をみせた。

「私たちはずっと姉弟できたのですよ。いえ、今も血をわけた姉弟かもしれません。そういう私たちが結婚？　お父さま、正気ですか」

しばらくして父は重々しい口調で断言した。

「達朗はわしの子ではない」

貴代子は座敷をとびだしていた。

寝室の壁時計は十一時半になった。階下の物音は絶え、修平もトミ子も西田も就寝してしまったらしい。

貴代子はベッドに腰かけ、身じろぎもせずに達朗の帰りを待ちつづけた。トミ子と父のおぞましくもばかげた願望を打ちくだくには、達朗と話しあっておくのが先決だった。ふたりが声をそろえてはね返せば、トミ子も父もどうすることもできない。

十二時をすぎて足音をしのばせて階段をあがってくる気配がした。貴代子はいそいで立ちあがり、ドアを開ける。疲れきった達朗が廊下をこちらに歩いてくるところだった。

「達朗さん、お話があるの」

「どうしたの、コワイ顔をして」

「とにかく、お願い」

達朗をベランダぎわの椅子にすわらせ、貴代子は先刻の父との一件を、つとめて平静な口調で伝えた。興奮しているため、腰をおろしてしゃべるという余裕はなかった。

達朗はひと言も口をはさまず、途中からベランダのほうへ首をむけた。彼にとっても、心おだやかに耳を傾けられない内容のはずだ、と貴代子は達朗のそんな姿を同情まじりに視界のすみでとらえる。

ひととおり話しおえ、貴代子は慰めるように言った。

「でも、お父さまはあなたをクビにするつもりはまったくないわ。手放したくないのね、一社員として。だから、この際、問題は私たちの気持をふたりにきちんと告げることだと思うの。それで——」

ふいに達朗がさえぎった。

「何もかもおれは承知しているんだ。トミさんからも、おやじ……いや社長からもすでに聞かされて……おれはね、いい話だと思っている」

「いい話？」

「おれは子供の頃から貴代子さんに憧れていたし、社長の子供ではないかもしれないと、ずっと疑いつづけてきた。だからおれにしてみれば、全然とっぴなことじゃない。夢がかなうそうだと思っているぐらいなんだ」

貴代子の抑《おさ》えははずれた。全身の血が逆流し、頭がくらくらした。

「正気なの。あなたは私の弟なのよ」

「切り換えには時間がかかるだろうけれど、おれは待ちたいと思う。トミさんに言われたようなやり方は公平《フェア》じゃないから」

「トミさんに言われたやり方って？」

「つまり、貴代子さんの寝ているベッドにしのびこんでしまえという——」

瞬間、貴代子は身ぶるいするほどの恐怖と嫌悪につつまれた。

「でていって。今すぐここからでていって」

達朗は素直に言う通りにした。ややゆがませた顔は淋しげだった。

数時間がすぎた。

貴代子の頭のなかのほてりは消えなかった。

トミさんは、まるで私を人形のようにあやつれると考えている、見くびっている。前崎との離婚、多重子の中絶、辻沢をこの家から追いだしたこと、そして今度は嘘八百を並べ立てて父をまるめこみ、達朗まで味方に引き入れた。

奥さまのために、と言いながら、実際はこの家を自分の思いのままに操作する喜びを、薄汚れた勝利感をむさぼっているにすぎないのだ。

なぜなら、トミさんにはそれしかないから、それ以外の楽しみも生きがいもないから。

私はまちがっていた。もう取り返しがつかないくらいの多くのまちがいをしでかしてきた。

トミさんはどんなことでもやれる、失うものがないから、この家を思いのままにするためには、どんな手段にでもうったえる。

ふいに貴代子はひらめいた。前崎を殺したのもトミさんのしわざではないか。直接手をくださなくても、達朗の叔父と称する人物と同様に、だれかに頼みこめば十分に可能のはずだ。

ゆらりと貴代子はベッドから立ちあがり、寝室をあとにした。わき目もふらず、一階のトミ子の部屋へ進んでゆく。

襖を開け、貴代子はトミ子の寝ている布団をゆさぶった。名前も小声で呼ぶ。

トミ子が目をさました。

「奥さま、どうしたんですか」

「キッチンにきてくれる？　修平が起きてしまうから」

ねまき姿に半纏《はんてん》をはおり、トミ子は貴代子のあとについてきた。キッチンに入り、ドアを閉め、貴代子は押しころした声で言った。

「前崎を殺したのはトミさんね」

「突然に何を言いだすのですか」

「白状なさいな、トミさん」

「正直言って、私は前崎さんは気に入らないひとでしたよ。だからといって、なぜ殺したなどと」

「私が彼とたびたび会っていたから。トミさんの計画にとって彼はいちばんの邪魔者だったから」

「とぼけないで。達朗さんと私を結びつけるのが、トミさんの最終的な目標だった」

「計画?」

「計画なんて、私にはありませんよ」

ふてぶてしいほどの自信をみなぎらせて、トミ子は言い返した。

「そのときどきに、どうするのがもっともいいかを考えて最善をつくしましたけどね。奥さま、へんな言いがかりはつけないでください。どうかしてますよ」

貴代子は頭の太い血管が音を立てて切れたような気がした。足もとがふらついた。

そして鮮明にこの二十三年間の思い出がよみがえってきた。

つねに寄りそうようにしている自分とトミ子の光景。楽しげな笑い。むつまじい、いくつもの場面。

本当につらくて哀しいことなどあったのだろうか。すべてが輝いていたではないか。

前崎も辻沢も多重子も達朗も、その閉じられた光の空間を、つかのま通りすぎていったひとびとにすぎない。

だれにもこわせなかったのだ、トミ子と共有していたあの緊密な空間は。

気がつくと貴代子はとめどもなく涙をこぼしていた。同時に頭のなかのあざやかな空間はゆっくりと闇に塗りこめられていった。

貴代子の表情から強張《こわば》りは消え、声もいつものおだやかさに変わっていた。

「トミさん、私にだけは秘密を持たないでほしいの。水くさいわ。二十三年間も私たちは一心同体だったでしょう。母と娘そのものだったわ」

　トミ子の全身からも警戒心はとけはじめた。

「そうですよ。お嬢さまは私の娘、いつだって、これだけが私の支えでした。娘だと思えばこそ余計な苦労はさせたくなかったし、幸せになってくれることだけを考えてました。でも、ときどきお嬢さまは、私を誤解した。いえ、責めているのじゃなくて、私、哀しかったんです」

「そうだったの。ごめんなさいね……ところでね、トミさん、私のためを思ってやってくれたのでしょう？　前崎を殺すことを」

「まだ、そんなことを」

「だれにも言わないわ。約束する。でも私たちのあいだに内緒事などなかったじゃない？　まるで理想的なじつの親子みたいに」

　貴代子の物やわらかな口調に心を抜き取られたようにトミ子は配膳台のそばの丸い木の椅子に腰かけて、つぶやいた。

「そうですね、考えてみれば、あのひとが私のいちばんの敵だったかもしれない。だって、前崎さんは、あの若さで、いろんな意味でちゃんとしてましたから。私、あのひと、うらやましかったですよ……でももちろん、だからといって私が殺したんじゃありませんよ。やったのは、そのへんのチンピラ……」

「トミさん」

呼ばれて振り返ったトミ子の腹部に、包丁が突き刺さった。

「お嬢さま……どうして……」

「トミさん、許して。こうするしかないの。私にはこうするしか」

床にうずくまったトミ子のそばに貴代子もしゃがみこむ。

「許して。トミさんを殺したいとは思っていない。いえ、そうではなく、トミさんがいると私が殺されてしまう。私のすべてが奪い取られてゆくのよ、トミさんに」

苦しげにトミ子が顔をあげた。

「……だめですよ、こんなことをして……これだから……私は……先に死ね、ない……お嬢さま、早く達朗さんを……救急車を…… いいですか、これは事故です……そう言うんです……必ず、事故だと……」

最後まで貴代子をかばおうとするトミ子の言葉に、ようやく貴代子は平常心を取りもどした。

同時にすさまじい悲鳴が口からもれた。

「ごめんなさい、トミさん、私、まちがっていたのよ…… 何もかもが、まちがいだった……」

貴代子はトミ子の頭を抱きかかえた。

そして、ふたたび今度ははっきりと達朗の名前を叫んだ。

トミ子を死なせてはならなかった。

同時に自分の腕の中で、このままトミ子が息たえることを願っている自分もいた。

階段を駆けおりてくる達朗の足音がした。

貴代子はトミ子の意識を失わせまいとして、その名を呼びつづけた。

呼びながら、トミ子がはじめてこの家にやってきた日の光景が、あざやかによみがえってきた。

それとともに、貴代子がトミ子を呼ぶ声も、中学一年生の稚《おさな》さにまいもどり、やがて、貴代子はじつの母に言うようにつぶやいていた。

「……お母さん……」

解説

藤田宜永

未成年者の凶悪犯罪が世の中を騒がせている。こういう事件の場合、必ず犯人の少年たちの家庭環境が問題になる。だが、彼らの多くは、何不自由のない生活を送っていて、中には学業の優秀な者もいる。少年たちが犯罪に走った原因が、すべて家庭と関係があるとは言えないが、一見、〝普通〟に見える家庭に、病原菌が蔓延《はびこ》っていることはよくある。

昭和五十五年に起こった『金属バット殺人事件』は、いまだ記憶に新しいところだろう。その一年前には、裕福な家庭の高校生が、祖母を殺害し、自殺している。

良家にとんでもない魔物が潜んでいるのは、無菌であるべき病院に病原菌が巣くっているのと似ているかもしれない。

本書『われら冷たき闇に』は、以上に挙げたような一種の現代病と一見、無関係に見えるかもしれないが、深く繋がっている。

主人公の女性は三十五歳。札幌在住の実業家の娘である。裕福な家に生まれ、学歴もあり、結婚もし、おまけに可愛い息子もいる。しかし、貴代子は決して幸福ではない。彼女の家庭は、見た目とは大きく違い、歪んでいる。

貴代子の初めの夫とは、夫の浮気が原因で離婚しているが、再婚相手は、こともあろうに息子の家庭教師と関係を結んでいる。貴代子は貴代子で、誘われるまま大学時代の友人とベッドを共にしたりしている。

これだけ聞けば、ブルジョワ家庭の退廃を描いた小説のように感じられるかもしれないが、その要素があったとしても、テーマはそこにはない。

貴代子は、夫と息子の家庭教師の関係を黙認している。そして、自分の浮気に対しても極めて冷淡である。

このアナーキーな態度、行動の原因は、彼女の家族、特に両親との関係にあるように思える。

恋愛を含めた男と女の関係は、独立した個人が結ぶものだが、家庭環境、特に両親から、刷り込まれたものと切り離して考えることはできない。

川端康成の『雪国』の主人公が、自分に惚れている駒子を冷徹な目で見てしまうのも、立原正秋の主人公たちが、女を前にしてまるで青磁の壺でも慈《いつく》しむように振る舞ってしまうのも、吉行淳之介の小説に出てくる男たちが、女との精神的繋がりを排除しようとするのも、太宰治のように感情を垂れ流し続けるのも、元々の原因は、両親との接触にある。

「三十五歳になってもなお心が浮遊している状態は、だらしなく、みっともないものだ」と貴代子は思っている。しかし、その状態から抜け出せない。

洋服に関する記述が、彼女の精神状態を一番よく表している。

「……何着もの服を買い、かろうじて現実と接点をつないでおこうとする。しかし、それも近頃は効果を失いつつあった」

洋服も男も、ようするに貴代子にとっては、その場しのぎのものでしかない。

彼女のアパシーは、明らかに強権を振るう父親と、貴代子が若いときに死んだ母親との繋がりから生まれたものである。

貴代子は、実母が好きではなかった。母に愛されなかった、と思って幼児期をすごしたことは容易に推察できる。

「ねえトミさん、私は結局あんなに批判していた母と同じような女になってしまったと思わない？　家事も育児も人まかせで、ただ遊び好きで浪費家の、いてもいなくてもいい主婦……」

嫌いな母と自分が似ている。ここから自己嫌悪が生まれないわけはない。母に愛されなかったと感じて育った子供は、大概、自分をうまく愛せないものである。そういう人間は、性に対して、アナーキーになることも珍しくはない。

実母を嫌った小説家といえば、坂口安吾がすぐに思い浮かぶ。『私は海を抱きしめていたい』という小説の主人公は、付き合っている女を「この女の美しさは淫蕩のせいだ。すべて気まぐれな美しさだった」と表現している。

母子関係に歪みのあった人間は、健全な嫉妬心を持てず、淫蕩を忌み嫌う精神のメカニズムが壊れていることが多い。

貴代子にも、その面が如実に表れている。

実母が死んだ後、母親代わりを務めているのが家政婦のトミ子という女である。この女の存在が、この小説にとってはとても大きい。

貴代子は、実母と対照的なトミ子に『母的』なものを感じ、彼女を慕い、全面的に依存し、思春期、青春期を生きてきた。トミ子の方も、貴代子を我が娘のように愛し、献身的に尽くす。

だが、トミ子の愛情は異様なものだった。貴代子に近づいてくる目障りなものは、すべて破壊しようとするのである。

僕は、トミ子の箇所を読んでいたら、ふと『レベッカ』という映画に登場する家政婦を思いだしてしまった。本書とまったくシチュエーションは違うのだが、死んだ奥様、レベッカの幻影で生きている家政婦の、後妻に対する意地悪な態度が似ているように思えたのだ。

『母的』な優しさの裏側に、子供を呑み込んでしまう支配欲が潜んでいることは、僕がここで言うまでもなく、今ではよく知られていることである。

「女の最初の職業は娼婦ですよね。だけれども（略）女がもう一つ商売にしてきたのは母性なんですね。乳人《めのと》なんかもそうだけれど。保母と看護婦というのも母性を職業としている。（略）女が自分の女らしさを売り物にするしか、この社会のなかで自分の労働というものを認めさせていくことができないとするなら、娼婦性を売るのが悪くて母性を売るのがいい、なんていえないと思うんです」（現代思想　1985年6月　特集　家族のメタファー）と上野千鶴子は、吉本隆明との対談で言っている。

貴代子の友人、夏子はパトロンに店を出させるような女で、多分に娼婦的なのだが、逆にトミ子は『母性』を売っている女だと言えるだろう。

トミ子と夏子の対比も興味深く、僕だったら、金をふんだくられても、娼婦型の方がいいと思ってしまった。

貴代子は、トミ子の〝バッド・マザー〟の面に気づかずに生きてきたのだが、遅ればせながら三十五歳にして、トミ子から脱却を計ろうとする。

しかし、それは容易には果たせない。長年にわたって育まれてきた、疑似母子関係を崩すには、貴代子はあまりにも弱すぎる。彼女の中に根付いてしまっている甘えを振り切れない面もかいま見える。

勇気を出せば、トミ子など潰せる、と思うかもしれないが、現実にはなかなかそうはいかない。トミ子という『母的』なものを作りだしたのは、実は、貴代子の深層心理だったのかもしれないのだから。

貴代子は悲しい。誰にも分かってもらえないことをひとり抱えこんでいる姿は切ない。

実母の愛を得られず、素敵な代償を手に入れたはずだったのに、それも理想の形ではなかった、と気づいても、どうしたらいいのか分からないのは当たり前である。

元よりそんな理想などない、と言い切れる人は幸せである。母子関係が良好だった人は、愛に対する満足感を子供のうちに得ているから、理想は追わないものである。

貴代子にはそれがない。だから、絶対の愛という亡霊を追い求めてしまう。それは悲劇を生む。だが、どうしようもないのである。

「ピアノのレッスンなど子供の情操教育にどれほど意味があるのか」と思う貴代子の空虚感、弱さ、甘え、葛藤を、作者は実にリアルに描いている。

日本では儒教的な精神も加味されて、母親を悪く言うのはタブーに近い。しかし、現実を直視すれば、トミ子のような『母的』なものに窒息しそうになっている子供は珍しくないのではないか。

本書は、すこぶる描きにくい、深くて重いテーマを、緊密感のある物語のうねりの中で、鋭く描いた現代小説である。

藤堂志津子さんには、僕は一度もお会いしたことがない。

おそらく、とても控え目で感じのいい人ではなかろうか、と勝手に想像している。このような〝壊れた〟人間を深く描ける人に、居丈高な人はいないと思うからである。

●本書は一九九三年一一月中央公論社より刊行され、一九九六年一一月中公文庫に収録された作品です。

われら冷《つめ》たき闇《やみ》に

藤堂志津子《とうどうしづこ》

2000年10月15日第1刷発行
2001年10月30日第2刷発行

発行者——野間佐和子

発行所——株式会社 講談社

東京都文京区音羽2-12-21 〒112-8001

電話 出版部 (03) 5395-3510
販売部 (03) 5395-5817
業務部 (03) 5395-3615

Printed in Japan

講談社文庫
定価はカバーに
表示してあります

デザイン—菊地信義

製版——豊国印刷株式会社

印刷——豊国印刷株式会社

製本——株式会社上島製本所

落丁本・乱丁本は小社書籍業務部あてにお送りください。送料は小社負担にてお取替えします。なお、この本の内容についてのお問い合わせは文庫出版部あてにお願いいたします。 (庫)

ISBN4-06-273000-6

講談社文庫刊行の辞

二十一世紀の到来を目睫に望みながら、われわれはいま、人類史上かつて例を見ない巨大な転換期をむかえようとしている。

世界も、日本も、激動の予兆に対する期待とおののきを内に蔵して、未知の時代に歩み入ろうとしている。このときにあたり、創業の人野間清治の「ナショナル・エデュケイター」への志を現代に甦らせようと意図して、われわれはここに古今の文芸作品はいうまでもなく、ひろく人文・社会・自然の諸科学から東西の名著を網羅する、新しい綜合文庫の発刊を決意した。

激動の転換期はまた断絶の時代である。われわれは戦後二十五年間の出版文化のありかたへの深い反省をこめて、この断絶の時代にあえて人間的な持続を求めようとする。いたずらに浮薄な商業主義のあだ花を追い求めることなく、長期にわたって良書に生命をあたえようとつとめるところにしか、今後の出版文化の真の繁栄はあり得ないと信じるからである。

同時にわれわれはこの綜合文庫の刊行を通じて、人文・社会・自然の諸科学が、結局人間の学にほかならないことを立証しようと願っている。かつて知識とは、「汝自身を知る」ことにつきていた。現代社会の瑣末な情報の氾濫のなかから、力強い知識の源泉を掘り起し、技術文明のただなかに、生きた人間の姿を復活させること。それこそわれわれの切なる希求である。

われわれは権威に盲従せず、俗流に媚びることなく、渾然一体となって日本の「草の根」をかたちづくる若く新しい世代の人々に、心をこめてこの新しい綜合文庫をおくり届けたい。それは知識の泉であるとともに感受性のふるさとであり、もっとも有機的に組織され、社会に開かれた万人のための大学をめざしている。大方の支援と協力を衷心より切望してやまない。

一九七一年七月

野間省一